寂聴さんがゆく

瀬戸内寂聴の世界

瀬戸内寂聴
伊藤千晴・写真

目次

書斎

切に生きる日々

一九二二年五月十五日生まれの寂聴さんの毎日は忙しい。寂庵での毎月一日の写経と十五日の坐禅の会、天台寺での毎月第一日曜日の法話に、徳島での寂聴塾。さらに、講演やサイン会、テレビ取材と、まさに、日本全国を縦横に駆け回っている。そんな寂聴さんの素顔を追う。

京都寂庵の書斎

岩手県浄法寺町の天台寺　毎月第一日曜日に行なわれる法話には、全国からやって来る大勢の人びとで境内は埋まる

法話

時には笑わせ、時には叱責を飛ばしながら、一人ひとりにわかりやすくお話をする寂聴さん

法話を終え、お話を聴きにきた大勢の人びとの間を駈け抜けてゆく寂聴さん

東京・日比谷のプレスセンターでの講演

天台寺での法話

いつも長い列ができるサイン会

旅

旅先の宿で執筆する寂聴さん　多くの連載を抱えている寂聴さんにとっては、行く先ざきの旅の宿も仕事場である。いつも鞄は執筆のための資料でいっぱい

桜幻想

いつの頃からだろうか。花や月の美しさにめぐりあうと、来年はこの花も月も見られないかもしれぬと、ふっと思う癖がついてしまった。川端康成氏の随筆に「末期の眼」というのがあったが、八三歳の私にも、もう末期の眼が具わってきていても不思議ではあるまい。

末期の眼には、この世の自然が目が洗われるほど美しくしみじみと映ってくる。

突然、桜の花が例年の花とはちがって、魂を奪われるように華やかに、それでいてこの世ならず清らかに映ったのは、出家した五一歳の春であった。落飾して迎えた初めての冬は、頭が寒さを通りこしてしんしんと痛く、冬の冷えが身にも心にも沁みとおった。

庵《いおり》が建つまで、私は京都・上高野の知人の借家に仮住まいしたので、そこで出離後はじめての春を迎えた。大原の入り口にあたるそのあたりはひっそりとして高野川沿いの桜が見事だった。桜も柳も、川の流れも、私には森羅万象のすべてがこれまでの春と全く異なった美しさで眼に映った。この世がこんなに美しかったかと、毎朝眼が覚める度に、私は身の廻りの風景に見惚《みと》れていた。これこそが私の出家に仏が与えてくださった功《く》徳《どく》というものかと、畏《おそ》れに心が震えた。

あれから三二年も生きのびて、ふたたび、玲瓏《れいろう》と輝く森羅万象が私の眼を撃つようになったのだ。出家とは行きながら死ぬことだから、三二年前のあの時も、私には末期の眼が与えられていたのかもしれない。それが、生き長らえすぎるうちに俗塵に汚れて、景色もまた出家前のように埃をかぶっていたのだろう。

明日生きているかどうかという年齢になって、末期の眼が還ってきたのだろうか。

釈尊が最後の旅に出発する時、

「この世は美しい、人の心は甘美である」

とつぶやかれたというのも、釈尊の末期の眼で眺められたからかもしれない。

天台寺の境内に咲く桜

それにしても、今年の嵯峨の桜は格別に美しかった。四月に入って雪の日があったせいで、例年より早く咲きはじめた桜が足ぶみして、桜祭りの日に寂庵では満開になった。円山のしだれ桜のひ孫だという桜も、佐野藤右衛門さんの桜も、源平咲きのしだれ桜も一緒に咲き揃って、花浄土となった。

あとからあとから参詣人が訪れ、甘茶をわかしつづけて、ふるまった。花御堂の誕生仏も、甘茶をそそがれ黒々と光っていらっしゃった。

人々の帰ったあと、まだ桜の下を去りがたい気がして思いつき、篝火《かがりび》を焚《た》いた。

花の真上にれもんのような月が浮かんでいた。

炎に照らし出される夜桜は、王朝の貴い姫君のようにあでやかで神々しく、春の夜の精のように見えた。

いつの間にか残っていたスタッフたちもひきあげていて、私はひとり桜の下にいた。

篝火はほとんど消えかけていたが、目の中には炎の明るさが残っていて、

　花の香や嵯峨のともし火消ゆる時

という蕪村の句が浮かんできた。たしかにあたりの闇の中には沈丁花をはじめ、さまざまな花の香が匂っていた。

そういえば蕪村の句に「日暮るるほど嵐山を出づる」という前書のついた句があった。

「嵯峨へ帰る人はいづこの花に暮れし」

竹西寛子さんがこの句について、

「日暮れになって、やっと桜の嵐山を出て京へ帰ろうとする人があるかと思えば、その時期になって嵯峨に帰ってくる人もある。いったいどこの花に遊んで今時分まで浮かれていたのだろう。嵯峨ほどの桜を見もしないで」

という美しい解釈をしていたのを思い出す。

嵯峨が好きで庵を結んだこともある西行も思い出さずにはいられない。小倉山の麓、曼荼羅山を北にしたこのあたりに、西行の庵もあったのではなかろうかという空想を、心から消すことが出来ない。

西行は花と月を多く詠んでいるが、私は『白道』という小説の中で、西行を書いた時、西行の詠う月も花も、すべて西行が若き日に恋い憧《あこが》れた待賢門院璋子《たまこ》その人のように思えてならなかった。

璋子は白河法皇に溺愛されてその膝下《しっか》に育てられた後、法皇の孫の鳥羽天皇の后《きさき》となった。法皇との仲がその後も世間で噂されるほどで、数奇な運命の人であった。

後に出家して嵯峨の入り口にある法金剛院で暮らされた。

現在もその場所にある法金剛院の庭には、まるで門院のお姿かと思われるような色の濃い妖艶な紅しだれが咲きほこっている。

西行は美貌で勇敢な北面の武士であったが、突然二三歳で出家して人々を驚かせている。

　春風の花を散らすと見る夢は覚めても胸のさわぐなりけり

私はこの歌が好きで、ふっと思い出すと、自分の胸にも何ともいいようのないさざなみが立ちさわぐのである。

　願はくは花の下にて春死なむそのきさらぎの望月《もちづき》のころ

と願った通り、旧暦二月十六日に、南葛城《かつらぎ》の弘川寺《こうせんじ》で示寂《じゃく》している。

　仏には桜の花をたてまつれわが後の世を人とぶらはば

最後まで桜の花に愛着した人であった。

「時代の風」（『毎日新聞』二〇〇六年四月十六日）

8月23日の「愛宕古道街道灯し」（地蔵盆）には、毎年、燈籠に貼る絵を描く（着ている服は、横尾忠則デザインのアロハシャツ）

寂庵前の道筋に置かれた燈籠

年中行事

鞄一つで気軽に出かける寂聴さん

巡礼

寂聴さんの願いの一つに、四国八十八ヶ所を徒歩で巡礼することがある
結願寺の大窪寺にて

歳を感じさせない颯爽とした姿で、寂聴さんは今日もゆく。大窪寺にて

佐渡の薪能

佐渡へ行ってきた。

地震で流れてしまった講演の約束を果たすことと、世阿弥の再度の取材をかねていた。

佐渡を訪れる時は、いつも元佐渡博物館館長の本間寅雄氏のお世話になる。筆名磯部欣三氏といった方が佐渡以外の地では著名である。地方には必ずその土地の郷土史家というような古老の研究家や博識家がいられるものだが、磯部欣三氏の佐渡での存在は、そういった人々とは別格である。

磯部欣三名著作の『良寛の母おのぶ』『世阿弥配流』『幕末明治の佐渡日記』等々は緻密正確な行き届いた調査を、高雅な文章で綴り、美しい文芸作品を読むような酩酊感に誘いこまれる。

佐渡で生まれ、佐渡の女性と結婚し、佐渡に老年を穏やかに過ごしている磯部氏は、生粋の佐渡人であろう。やはり佐渡人である妹尾河童夫人から紹介されて以来、何かにつけてお世話になったり、佐渡と世阿弥についてご指導をいただいているうちに、磯部氏の人柄の温かさ、親切さ、誠実さが佐渡人の特質なのだとわかってきた。本間という姓が佐渡には多いせいか、磯部氏のまわりの人々は一様に「寅雄先生」と呼んでいる。その呼び名にこめられた親愛と畏敬の念がひしひしと伝わってくる。

今度の佐渡は、そうした寅雄先生のまわりの人々も一緒になって、私は予想もしていなかったもてなしを受けることになった。

それは現在佐渡に残っている三二座もある能舞台の中で最も建築が旧《ふる》いといわれる真野の大膳《だいぜん》神社境内にあるカヤ葺きの能舞台で氏子の人々が、私のために薪能を観せて下さるというのである。またとはない豪勢な饗応に、私はわくわくして黄昏《たそが》れるその時間を待った。

まだ夕映えの明るい頃、能舞台の前庭に着くと、青々とした芝生の上にビニールの敷物がひろげられ、すでに見物衆が三々五々もの静かに集まっている。私は正面の一列め中央に案内され、そこで見物した。隣の美しい婦人が、

「ほら夕陽が沈みます」

と、身をずらして、私を引き寄せ、隣家の屋根を指差して見せる。真赤な透明な夕陽がまさに沈もうとするところであった。この能舞台の鏡板には古拙な松竹梅の描かれた左肩に、子供が一筆で書きなぐったような日輪が浮かんでいる。その大きさが、今沈もうとする夕陽に似ていた。隣に坐った寅雄先生が、

「日輪の描かれた舞台は他には見られません」

とおっしゃる。見物席の芝生にも、舞台のカヤ屋根にも見物衆の入る前にたっぷり放水されていた。薪台は見物席の左右に据えられ、二人の男女が白衣に身を包んで、薪を組み火をつける。まだ残照の残っている空も、火の粉のはぜる音と共に昏《く》れ急ぐ。隣の婦人が、

「鶯《うぐいす》が鳴いていますよ」

と私に囁《ささや》いてくれる。とみに耳の遠くなっている私には聞きとれなかったが、その分、幻と聴く老鶯の声はせつなくなつかしく思い描かれるのだった。あたりは自然の林に囲まれ、野外

講演の前に、しばし静かな時を過ごす

舞台には木々の間を抜けてくる風が訪れ、暑さをなだめてくれる。

演目は狂言『蟹山伏《かにやまぶし》』、能『羽衣』であった。明日試験をひかえているという高校生たちが大らかに演じてくれる。素朴で鄙《ひな》びた彼等の舞台に、私は思わず声をあげて笑っていた。

羽衣は笛も小鼓も、シテの天女も女性であった。羽衣の舞台からすっかり夜の気配があたりを包み、闇の中に浮かんだ舞台のほの明るい空間がこの世ならぬ浄土の相に見えてくる。そこに運ばれた作り物の松も面をつけない漁師の白竜《はくりょう》も鄙びた素朴な風情がのどやかで、いつの間にか浮世の外へ魂がつれ出されている。

天女の舞は優雅で、清艶で、惹《ひ》きこまれて観ている自分もまた、すでにこの世ならぬ世界をたどっているのであろうかと、夢幻の非現実の世界につれだされている。思いだしたように時折はぜる薪の音と、飛び散る火の粉のきらめきに、現実に還るが、すぐまた夢幻の世界に戻っていく。

天女の舞に酔わされているうちに、天女は富士の高嶺《たかね》の空遠く舞いあがり、霞にまぎれて消えてしまった。舞台の人々がみな去っていっても、私の瞼《まぶた》の裏には天女の気韻がほのぼのとただよっていた。

この現世で破天荒の出世をとげ、幸運の天才とたたえられた世阿弥が、七二の老齢になって突如、悲運に見舞われ佐渡に流された時、どう自分の運命とやがて迎える死を眺めたか、すでに八三になった私には、ぜひともさぐりあてたい謎であった。

薪能の夢のさめやらぬ頭の中に、ふと、全く予期しなかった涼しい一筋の光がさしこんできた。他国人をすんなり受け入れる寛《ひろ》い心の佐渡人に迎えられ、世阿弥は自分でも思い描けなかった老いの静謐《せいひつ》の安らぎを恵まれたのではあるまいか。すべてを奪われた理不尽で不条理な運命さえも、捨ててこそと、肯定することができたのではあるまいか。

翌日の講演会には曾我ひとみさんが見えていた。理不尽で不条理な運命に耐えぬいて、この人もようやくふるさとの温かい人情に抱かれている。ジェンキンスさんの母を訪ねたアメリカから帰ったばかりの曾我さんは、何もかも洗い流したようなすがすがしい美しい表情をしていた。

「時代の風」（『毎日新聞』二〇〇五年七月三日）

寂庵

やすらぎの空間

落飾した寂聴さんが京都嵯峨野に結んだ寂庵
三十余年にわたって丹精してきた庵には、
室内の隅ずみから庭の一木一草に至るまで
寂聴さんのこだわりが息づいている。

京都・嵯峨野にある寂庵の玄関　玄関の前にあった宝塔は、現在、天台寺の伝長慶天皇陵に移されている

やさしい陽射しの入る寂庵の玄関内部

お出かけする寂聴さん

四半敷きに揃えられた
寂聴さんの草履

玄関から書斎へと続く廊下　書斎は
建物のいちばん奥にある

中庭から寂庵の廊下を眺めると、文楽人形が垣間見える（右が「お園」、左が「お染」、ともに大江巳之助作）

愛別離苦の嘆き

仏教ではこの世の苦を四苦八苦と称している。生、老、病、死の四苦につづいて、愛別離苦があげられる。

愛別離苦とは、愛する者と別れる苦である。夫婦や恋人の相手が死別した時、残された者の悲しみは当然である。家族の誰かが死亡した時、残された家族は嘆き悲しむ。中でも、逆縁といって、子供に先だたれた親の悲嘆は、この上なく無残で慰めのことばもない。

しかも、最近ではその死が病死でなく、事故死や自殺の場合も多い。

結婚を目前に、事故死で一人娘を失った母が気を狂わせてしまった例も、身近に見ている。大学生の長男に遺書もなく自殺され、アルコール依存症になってしまった父親も知っている。

経済不況が原因で働き盛りの五十代の男たちが年間六千人以上も自殺している現在の日本で、遺族たちの悲しみや苦しさは救われようもない。

それ以上に、理不尽な殺害によって愛する者を奪われた遺族の悲嘆痛苦は想像を絶する。戦場にかり出された兵士たちの戦死、または爆撃で殺された非戦闘員の死、いずれも理不尽な死だ。あるいは無法者による殺害もある。

六年前、十四歳の少年によって神戸でおこった連続児童殺傷事件で被害者となった土師《はせ》淳君（当時十一歳）の七回忌がめぐってきた。

当時は、とても少年の犯行とは思えない残虐な犯罪のうえ、犯人の酒鬼薔薇聖斗を名乗ったりした異常な文章にショックを受け、マスコミもろとも大騒ぎした世間の人々も、六年の歳月に、いつしかその気味悪い記憶も薄れ、忘れたかに見えた。

けれども被害者の両親にとっては、一日たりとも忘れることの出来ない痛恨事であり、癒やしようもない心の深い傷であった。

折から二十歳になった犯人は、収容されている関東医療少年院から、今秋にも仮退院させる方針だという。犯人は「更生した」「性的サディズムは改善された」と認められ、本人が、「社会の中で生きたい」と望んでいるという。

そうした動きに対して、被害者の父土師さんは、あの残虐な殺人を犯した人間が、わずか六年の間に、本当に改善出来たか、疑問に思うと反論している。一日も、一刻も、理不尽な殺害にあったわが子を忘れることの出来なかった六年の歳月の重さが、土師さんには改めて心を刻む痛みとなって襲ってきたことだろう。

また、五月二十日には、二年前大阪教育大付属池田小学校で、出刃包丁を振りまわし、児童八人を刺殺し、児童や教師十五人に重軽傷を負わせた宅間守被告に、死刑求刑が論告された。異例の速さのこの求刑を傍聴していた遺族たちは、「死刑でも不十分だ」というコメントを発表したという。

罪もないわが子を殺された怒りと恨みが、二年の歳月で薄らいでいる筈《はず》はない。

土師さんも池田小事件の被害者遺族の人々も、犯罪被害者たちが正当な支援を受けていず、ないがしろにされていると訴えている。

土師さんは、三年前から「全国犯罪被害者の会」に、二年前からは「ひょうご被害者支援センター」の設立に関わり、署名活動や、集会への参加につとめているという。

こういう思いもかけない不幸に見舞われることは、決して他人事ではない。幸いにして、そういう残虐な事件から逃れている人々の日常の上にも、いつ、そんな事件が降りかかって来ないという保証は何もないのである。

人間は愚かで浅ましいから、わが身に直接感じない不幸には鈍感であり、不幸を蒙《こうむ》った人々に対しての同情も、痛みの共感も無関心に近い。

それだからこそ、北朝鮮へ拉致された人々の不幸を、二十数年も見過ごして来られたのである。

必死になって、拉致問題に取り組んでいる被害者たちの家族の心情に、果たしてどれだけ共感を寄せ、その痛みに思いをはせているだろうか。

帰ってきた人たちが、家族と引きさかれたまま、どんな辛《つら》い切ない想いに堪えているか、また、死んだと宣告された被拉致者の死を信じることが出来ず、真相を知りたいと、日夜心を砕いている家族たちの苦しみに、どれだけ親身になって心を寄せているだろうか。

いつまでも埒《らち》のあかない政府と北朝鮮との拉致問題解決の行方に、帰国者たちの表情は、ようやく深い焦燥と不安を滲《にじ》ませてきた。

政府を信じて、解決を待つといっていた人たちの、明るい口調はもう聞かれなくなった。

寂庵持仏堂で法話をする寂聴さん

こうした不幸な運命に見舞われることは、めったにあることではない。しかし、現に、理不尽な運命によって、稀《まれ》なる不幸を罪もない身に受けている被害者たちが存在するし、また将来にも増えないという保証はない。
こうした不幸な事件によって、私たちは今更のように、家族の絆《きずな》の強さを感じさせられている。
他人は忘れても、家族は決して無残な死や運命に襲われた身内のことを忘れはしないし、救い出すことをあきらめはしない。
あの人たちを支援し、傷む心を慰めるために、当事者でないわれわれに出来ることは何だろうかと、真剣に考えることだけでも、無益なことではないと思う。

「時代の風」(『毎日新聞』二〇〇三年五月二五日)

寂庵持仏堂

持仏堂では毎月定められた日に、写経や坐禅の会などが行なわれている

還暦の日本

戦後六〇年が過ぎた。終戦の年に生まれた赤ん坊は還暦を迎えている。

今では日本人は世界で最長寿を誇っているが、還暦といえば、戦前なら、隠居をする年頃であった。れっきとした老人は、当時は尊敬され、畏《おそ》れられもした。長く生きてきた経験の重みでどの老人も威厳があった。

学歴などで人の値打ちは決められず、手に技を持つ職人が自分の腕に自信を持って堂々としていた。

六〇歳になった戦後の日本はどうだろう。とても還暦を祝うような状態ではない。

還暦を迎えて、生活も安定し、子孫も育ち、家の内は和が保たれ、これからは、ゆったりと余生を愉しむ計画でも立てようなど、心のゆとりが持てれば幸いだが、今日の日本の現状は、外からは天変地異に次々に襲われ、内では道徳が乱れはて、親殺し、子殺しさえ、珍しくなく、青少年の犯罪は激増するばかり。学童の学力は低下して、末恐ろしい有り様である。

人命は軽んじられ、他殺も自殺も、日常茶飯事のように行われている。

どうしてこんないびつな年の取り方をしてしまったのか。

強くなったのは女ばかりで、経済力を持つようになった若い女たちは、結婚の相手を選ぶ時、相手の経済力をまず計算し、自分よりそれが低いと、もう相手にしない。結婚を愛で計らず、経済力で計るから、結婚の対象はなくなり、ひとりで働いて、海外旅行を愉しみ、ブランド商品で身を飾ることが恰好いいと思っているから、子供を産む年齢を見過ごしてしまうようになる。今更「負け犬」だなどと騒いでみても、やっぱり心の底では、結婚して今の自由さと、経済的ゆとりを落とすのは厭《いや》だと思っているのではないだろうか。まして夫の家族と暮らし、姑《しゅうとめ》や小姑《こじゅうと》にいびられるなどもっての外だと思っている。

もっと自立する能力に自信のある女は、結婚しないで子供を

寂庵持仏堂で法話する寂聴さん

産み、自分だけで子供を育てようとする。しかしまだ日本では、他の国に比べてその女たちは至って少数である。

婚外子は日本では一・九％なのに、スウェーデンは五六％、フランスは四四％で、そのパーセンテージは年々に増えつつあるという。未婚の母に日本はまだ理解が少ないし、未婚の母になるにはまだ余程の覚悟を要する。

こうして少子化が進んで政府があわてても、今更産めよ増やせよと戦時中のような号令はかけられない。

子供はどしどし少なくなるし、その子たちがまた学力が落ちつづけるときては、日本の将来は暗澹《あんたん》たるものである。

六〇歳になった日本には、年々長寿者の数が増えつづけている。長寿は結構だが、呆《ぼ》ける老人も、寝たきりの老人も抱えなければならない。

六〇歳の国の背には重すぎる荷物である。

将来、そんな老人たちの介護を押しつけられる若者には、夢がなくなるのも尤《もっと》もなことだ。

いつから、どこから、日本はこうなるまで歪《ゆが》みはじめたのだろうか。

正月の正の字の、上の「一」は天下の正道をあらわし、下の「止」はそれが落ちないように支え止めるためのものだと話されたのは、第二五三世天台座主の山田恵諦師であった。

『一』がちゃんと支えられているとき、世の中は平和ですべての人類は幸福だ。『一』を支えるためには三本の脚が大切で、その長さは同じでなければ、傾いたり、ひっくりかえってしまう。その三本の脚とは、政治、経済、宗教だ。この三本の脚が揃ってしっかりしていさえすれば国は栄える」

直接伺ったその声がまだ耳に残っている。二一世紀をぜひとも見て死にたいと、常々おっしゃっていられたが、二一世紀を目の前にして遷化《せんげ》された。

二一世紀に入って以来の、この混迷と堕落の日本を見られたら、何とおっしゃったことだろう。

「一」を支える三本の脚のどれが長すぎるのか短すぎるのか。

宗教の中に道徳と教育を含ませよう。

日本中がバブルに酔いしれて浮かれていたのはついこの間のように思うのに、すでに十年一昔のことになっている。

六〇歳の日本は、あの頃、五〇になったばかりの、まさに壮年まっ盛りのエネルギーに満ち満ちた時であった。

夢よもう一度と、あの酔い心地を振り返ってみても、一場の夢と消えた栄華の跡は、儚《はかな》いだけだ。

まさかあの得意の絶頂期に、あの平安と豊かさが一朝の元に消え、恐ろしい天災が矢継ぎ早に襲ってくるとは誰が想像しただろう。

小泉純一郎首相は、正月四日、伊勢神宮に参拝して、

「紛争、戦争、自然災害と厳しい昨年だったが、今年は平和で穏やかな年であるように、それぞれの人に実り多き年であるように、とお祈りした」

と記者団に語ったという。言や良し。されど、余りに現実からかけ離れた麗句がただ空《むな》しい。

「時代の風」（『毎日新聞』二〇〇五年一月九日）

寂庵の中庭には、いろいろな樹木や草花、石仏や地蔵さんがたくさん。
それぞれの石仏に寂聴さんの思いがある

寂庵の中庭

中庭にある石仏（左も）

坪庭にある
愛猫ペペとマルのお墓

樹木の合間に石仏や石燈籠が置かれている中庭

持仏堂の入口上にある「寂庵」の額

持仏堂は、門から入って中庭の左側に建つ

「やっと花をつけてきたわね」と中庭の木々を愛でる寂聴さん

「持仏堂でのんびりするのがいちばん」と、
原稿執筆の合間にくつろぐ寂聴さん

歴史ということ

「嵯峨野も変わった」と言いますけれども、それでも日本のほかのどこよりも自然が保たれていて、非常に美しいところだと思います。それと、嵯峨野には昔からさまざまな歴史が埋まっております。歴史だけではございません。文学などにも必ず書かれ、歌われ、そしてさまざまな記念行事となって残っております。このあたりを歩きますと、石ころ一つ、草一つが歴史を物語っております。私は、大地に立って大地が語りかける話を体内に受け止め、そして大地から生命を、パワーをもらう。こういう暮らしが一番理想的だと思います。しかし、都会のアスファルトで埋め尽くされたところでは大地のパワーが直接伝わってまいりません。しかし、このあたりにはまだ畑がありますし、山道があります。まだまだ大地の訴えが聞こえてまいります。

昔の女たちは家から一歩も出られませんでした。とくに、『源氏物語』などに書かれております貴族の女たちは、家から外に出るということができませんでした。ただ一つ彼女たちに許されたことは、物詣でと申しまして、神社にお参りすること、あるいはお寺にお参りすることです。この愛宕街道というのは、愛宕神社にお参りする人たち、あるいは貴船神社に行く人たちが、輿《こし》に乗って通った道でございます。あるいはまた、輿には乗れないで、自分の足で歩いてお参りに行った人も多いと思います。お参りに行く時はただ幸せを祈りに行くだけでなく、当時の女たちは苦しみを乗り越えて、悲しみを持って、この道を行ったと思います。そんな彼女たちの流した涙を、皆さんがお歩きになっているこの街道の土は全部吸っております。そして、彼女たちがついたため息の熱さも、この大地は全部覚えております。そういう大地の記憶が、こうして毎年皆さんをここへ引き付けて下さるんだと思います。そして、あなたたちが今夜こうしてお集まり下さいましたそのことも、この大地は記憶していくわけです。そういうことの積み重ねが歴史というものです。私たちは歴史のなかで生かされる、一滴の露のようなはかない存在でございます。しかし、はかない命を結集して、パワーを結集して、手をつないでやればできないことはありません。心がおだやかになるように私たちが力を合わせて、手を合わせて守っていけば、また、昔のおだやかな、なごやかな時代が帰ってくるのではないかと思います。（愛宕古道街道灯しにて）

夕暮れ時をゆく

寂庵持仏堂で法話する寂聴さん

差し入れのお菓子を手に持仏堂に向かう

寂庵持仏堂での法話では、いつも入りきれない人がお堂の周りに垣根を作っていた

吉行さんの十三回忌

吉行淳之介さんの十三回忌が先日、吉行さんと一緒に仕事をしていた元編集者たちによって催された。元というのは、すでに彼等は、定年退職して、現在は編集者でない人たちだからである。

声をかけられて、私は喜んで京都から駈けつけ参会させてもらった。

誘いの手紙の中に、十七回忌にはもうこの編集者たちも、幾人集まれるかわからないという一行があって、それに心を打たれたからである。

もちろん、私より二歳若い吉行さんをなつかしむ気持ちが強くあったのは当然ながら、吉行さんを「だし」にして、やはりなつかしい当時の編集者たちに逢っておきたいという気持ちが強かった。

私は今でも、自分がもの書きとして生活しつづけていかれるのは、五〇年、いや正確にいえば五八年前から、ペン一本に頼って暮らすようになって以来、いい編集者にめぐまれつづけて、その人たちのお蔭で今があるし、作品も残すことが出来たと、心の底から思っている。

家を飛び出し、京都で放浪生活をしている時、投書した少女小説をすぐ採用してくれた編集者（その社の社長でもあった）も、私の幼稚な作品の中に将来を見込んで、わざわざ京都へ来て、上京して本気で書けとすすめてくれた大出版社の編集者上がりの重役も、恩人なら、私の大人の小説をはじめて文芸誌に採用してくれた大出版社の編集者の誰彼も、すべて恩人である。

あの頃はよかったというのは、年寄りの口癖で、みっともないから人前では言うまいと心がけているけれど、本音を吐けば、朝から晩まで、あの頃はよかったとつぶやきつづけている。

作家と担当者の編集者は、一心同体のような深い交わり方をしていた。お互い、家族にも言わない内緒ごとを明かしあっていた。隠しようもないくらい密接に逢っていたからだ。新宿には文壇バーが何軒かあり、毎晩そこに行けば、逢いたい作家に逢えたし、編集者の姿も見つかった。私は酒豪だったが、そういうバーには余り出入りしていなかった。それでも、そこで何か事件が起きると、もう翌日には、昨夜そこにいた編集者の誰かから、臨場感にあふれる報告を受けていた。どの作家が目下誰と不倫関係だとか、どの家に子供が生まれたとか、家族の誰が死んだとか、本人が病気のようだとか、老大家がいよいよボケてきたとか、あらゆるニュースの根源は編集者であった。新潮社で私の係になってくれた最初の編集者田邊孝治さんは、私のごたごたした男出入りの一部始終を見ていて、一区切りついた時、すかさずやってきて、

「さ、いよいよ書けますね。書きはじめて下さい」

と言った。まだ気持ちのおだやかでなかった私が、茫然《ぼうぜん》としていると、

「編集者は、あそこに子供が生まれれば飛んで行き、ここに離婚があれば駈けつける。それでも私は行く、というのが商売で

す。いい私小説が生まれますよ。さ、早く書いてしまいましょう」

そういって書き上がったのが『夏の終わり』である。今でも売れつづけて唯一、ロングセラーになっている。

吉行さんも、そういう編集者にいっぱい見守られていたと思う。彼等は、世間から自分の担当の作家が、どんな非難を受ける時でも、家族に見放された時でも、しっかり味方になって守ってやる。

香炉を整える寂聴さん

吉行さんは私とちがい、はじめから才能を認められ、同年配の作家の中でも、とりわけ期待をかけられていた人だけれど、女にもてすぎたので、様々なことがあり、その度、編集者たちが守り抜いていたのを知っている。その分、吉行さんは、編集者を大切にしていたし、好かれてもいた。だから没後十三年もすぎても、こんな温かな会を開いてくれたのだろう。

今の編集者は、自分の担当の作家の私生活なんかに興味はないどころか、どんな小説を書いて世に出たかさえ知らない人が少なくない。

最近、新しい編集者がうちのスタッフに、

「瀬戸内さんて、小説も書いていたんですか。それともあの晴美というのは、寂聴さんの叔母さんか、お姉さんですか」

と訊いたという。ま、その程度のことにびっくりしていては、もうこの世界は渡れない。

指定されたホテルの会場には、何と、なつかしい昔の編集者の顔が揃っていたことか。みんな定年で足を洗った人たちである。仕事を辞めたせいか、誰も顔の色艶がよくなり、二つ三つ若返って見えたのには安心した。女性の編集者も辞めた人たちの方が活き活きして見えた。

吉行さんと呑んだり、麻雀したりしていた作家はほとんどすでに他界していて、阿川弘之さん、河野多恵子さん、丸谷才一さんくらいの顔しか見えない。うんと若くなって渡辺淳一さんくらいだった。

「たしかに十七回忌には、もうこの顔ぶれも揃わないことだろう。今日出席してみんなに逢えてよかった」と、挨拶したら、心では誰もそう思っているけれど、ああ、はっきり口にだせるのは寂聴さんだけですよと、編集者たちに笑われた。もう生きていくのも飽き飽きしてきた。これが本音である。

「時代の風」（『毎日新聞』二〇〇六年七月三〇日）

坐禅

坐禅中の寂聴さん
（寂庵の坐禅の会にて）

持仏堂の周りを歩く

印を結ぶ手

人生は出会い

私は、人生とはなにかに出会うこと、巡り会うことの重なりだと思います。この世でだれかに巡り会うことは、人生の大切なことです。美しいもの、例えば、本当に感動する絵に巡り合うとか、忘れられない名画に巡り合うとか、そういういろいろな巡り合い、出会いというものが、人生を補っているのだと思います。私は、人間が生きている限り、その死ぬ瞬間まで、なにかに出会うのだと思います。明日なにがあるのか、人間には分かりません。そして、出会いには必ず別れが伴います。会って別れるということが人生だと思いますけれども、別れ方にもいろいろありまして、悲しい別れもあれば、嫌な別れもある。あるいは、嬉しい別れもございます。そういうことがいろいろあって、出会いの喜び、別れの寂しさ、悲しさ、そういうことをだんだん繰り返すうちに、人間がだんだん深くなり、大きくなり、鍛えられていくのではないか、そういうふうに私は考えております。

　そして、人間は変わるものです。生まれて死ぬまで、何年生きるか分かりませんけれど、人間には定命《じょうみょう》という、劫《こう》によって定められている寿命というものがございまして、どうしてもその間は生きていかなくてはならない。その定められた命の過程で、人間はだんだんと変わってまいります。生まれてから死ぬまで、さまざまな出会いと別れを重ねて、それに鍛えられて、それに感動して、あるいは苦しい目にあって、それらがみんな栄養になって人間が変わっていく。そして、理想的な人間になって死んでいく。こういうのがいちばん望ましい人生じゃないかと思います。（法話にて）

慈悲ある人

人生というのは、一寸先が分かりません。一寸先が分からないということを、無常と言います。無常とは、常ならず、同じ状態が続かないという教えです。いま苦しくて仕方ないけれども、いつまでも続かない。いま悲しくてもやがて慰められるときがくる。そういうことを教えてくれます。この苦しみの世を生きて行くと、やがて悟れるものに近づいて、安らかに来世、浄土に渡れるのではないか、そういうふうに教えて下さっています。

　この世の中にはさまざまな苦しみが満ちております、別れが苦しみです。近い過去に愛する人と死に別れたという方、お子さんに亡くなられた方、これは死別です。こちらは愛しているのに向こうが嫌がって出て行ってしまわれた方、これは生き別れです。この場合は追っかけてもダメなんです。追っかけないほうがいい。そうすると適当なときに向こうから帰ってくる。帰ってきたら迎えてやる。その間に違う男ができたら、もう受け付けない。そういうふうに覚悟なされば人生は変わります。こういうふうに苦しいことや悲しいことを味わうように、私たちはこの世に生かされているんです。

　しかし、苦しいことや悲しいことにたくさんあった人は、自分以外の人の悲しみや苦しみに同情することができます。これは素晴らしいことです。健康で病気ひとつしたことのない人は、病気になった人の苦しみや不安を想像することができないんです。よく分からないので、病気の人の苦しみや不安を想像することができません。よく分からないので、そういう人に対しての思いやりがないんです。例えば、失恋をしたことのない人は、失恋をした人の苦しみは分かりません。今日を暮らしていくお金がない、あるいは地震や戦災ですべてを失った、という経験をしている人は、同じような経験にあっている人を見ると放っておけない。あの時自分はこうだった、と同じ苦しみを分け合うことができます。これが、人間が深くなる、広くなるということです。どんな苦しみも味わったことのない人は、ちょっと見たら羨ましく見えますが、その人は人生の深いところを味わわないまま死んでいくわけですから、むしろ、気の毒なんじゃないかと思います。たくさん愛して、たくさん苦しむ。そして、たくさんの苦しみ悲しみをともに分かち合うことができる人、これが本当に慈悲のある人ということだと思います。（法話にて）

坐禅

恐ろしい世の中になりまして、いつ何が起るかわからない状態で、人心は不安です。政情も不安です。そういうなかで情報に巻き込まれてしまいますと自分の生きている立場が分からなくなります。そういう時に、ほんのわずかですけれども坐禅をいたしますと、なにかすーっとした気持になります。坐禅をはじめたからといってもなかなか無我の境地にはなれませんけれど、自分が坐っている間の一瞬でもいいから無我の境地になれて、なにか心が洗われるということがあればとてもありがたいと思うのです。

皆さんは今日ここに来られるだけの、時間と心のゆとりがおありになる。あまり心配事がないから来られるのだと思います。しかし、そういう平安というものも、いつ破られるか分かりません。まったく思いもかけないことが起こります。そういう時にあわてないような、動かないような心に近づくように坐禅をやっていただいたら、毎月の坐禅の会をしている甲斐もいくらかはあるかなと思います。

坐禅をしていて、気持がよかったら、またいらしてください。こういう、何にも考えないでいい、気持のいい時間というのは本当になくなりました。

私も毎月坐りたいのですけれども、毎月坐れないくらいがさつな生活をしております。だから早く、いつでも坐れる時間を得たい、と思いまして、いま生活の整理をしております。整理がつきましたら、ゆっくりと坐れるかなと思います。

（寂庵坐禅の会にて）

坐禅をする寂聴さん

寂聴さんの手づくり

寂聴さんが彫った木像

自然乾燥の「土仏」

陶板の「般若心経」

寂聴さんが初めて彫った木像「仏頭」
（台座の字は荒畑寒村）

素焼きの「六地蔵」

寂聴さんが彫った木像

凶事続きの一年を思う

まことに慌ただしかった一年が、暮れようとしている。一口に言って、こんなひどい厄年、凶年があっただろうか。

今年ほど、台風に矢継ぎ早に見舞われた年は記憶にない。記憶にないといえば、元首相が一億円を貰ったことを記憶にないとおっしゃって物議をかもしている。庶民には宝くじの夢にしか思いも描けない一億円という大金、受け取ったことを記憶から忘れるなど、てっきり老人ボケしたのだろうとしか考えられない。痴呆は人を選ばずやってくる。死もまた人を選ばない。あんまり長生きして無残な末世の地獄を見るより、いい加減でさっさとあの世に渡りたいと思っても定命《じょうみょう》が尽きなければお召しがない。

しかしこの一年は、定命尽きて往生出来るなど、ぜいたくな夢だと思い知らされた。

台風の襲来の次は大地震が襲い、被害死した人々の何と多くむごかったことか。

天災の災害死だけではなく、長崎・佐世保の小学生による友人殺しや、東京で中学生が幼児を団地から突き落とすなど、理性で理解出来ない事件に、ふつうの大人たちの心は震駭《しんがい》させられた。

そして今、奈良の小学生が誘拐され、殺され遺棄されて、その犯人はまだ捕まっていない。世界一優秀だと誇っていた日本の警察はどこへ消えてしまったのだろう。

中越の大地震の被害者たちは、住み慣れた村を失い、家も家財も失い、これからの厳冬に向かって、まだ仮設の住宅にさえ入り切れていない。

北朝鮮の拉致事件もますます奇怪《きっかい》な交渉過程で、被害者の家族でなくても、報道してくれることがさっぱり信用できない。

そもそもマスコミの報道というものが、事件が起こる度、賑やかに取り上げるが、今年のように目まぐるしいほどショッキングな大事件がつづくと、たちまち新しい事件に興味は移っていき、前の事件はす早く忘却されていく。

北朝鮮に拉致された人々の家族たちが、「この問題を忘れないで、関心を持ちつづけてくれ、それが解決への唯一の道だ」と、熱心に訴えつづけているのも当然なのだ。

忘却という能力を与えられているからこそ、人間はどんな辛《つら》い経験からも心の傷からも、時と共に立ち直ることが出来る。しかしそれはまた決して忘れてはならない大切なことも、時と共に記憶から遠ざかっていくものなのだ。忘却という人間の能力は、恩寵《おんちょう》と却罰《ごうばつ》を併せ持つ諸刃《もろは》の剣のようなものである。

このわずか一年の間の出来事も、次々記憶から遠ざけられている。

イラクへ自衛隊が派遣された時の衝撃も、何組かが交代しているうちに、それが当然のようなマスコミの扱いになってしまった。最初の派遣の時のように泣いて見送る家族の姿など、テレビのニュースでも映さなくなってしまっている。あるいは家族たちがもう狎《な》れて、泣いたりはしないのだろうか。

バグダッドでアメリカがはじめた戦乱も、それへの日本の支援も、もはや当然のように扱われている。

奥大使たちの死も、ジャーナリストの死も、その時はショッキングに報道されたが、いつの間にか、遠い過去に押しやられている。

もっと凄《すご》い災害が起こっているじゃないかとマスコミはいう。新聞の紙面も、テレビの持ち時間も限度がある。一つのことを執拗《しつよう》に追いつづけることは出来ないと言われたら、それもそうかとこの国の人は物解《ものわか》りよくうなずいてしまうのだ。

だから同じような事件が幾度でも繰り返し起きるし、事件というのはその度、内容の過激さを増してくる。

何々の日というのは、いつから誰が決めたのか。国の定めた何々の日ほど、ナンセンスなものはない。人間の記憶の容量は余程貧弱なものらしく、原爆の日も、終戦の日も、六〇年も経てば、習慣のセレモニーの一つにされてしまう。元首相の記憶の曖昧さを笑ってばかりもいられない。

十二月冠頭の記念日が、世界エイズデーであった。

私は一九九三年、十一月より、一年ほど、エイズが題材の小説を『愛死』という題で新聞連載した。その頃、日本のエイズは、後で裁判にもなった輸入血液製剤の被害患者のことが問題になっていた。輸入血液製剤でエイズになった血友病患者は同情され、セックスでエイズになった患者は差別されるという風潮があった。そしてエイズはキスしても一つのコップの水を呑みあっても感染すると思いこむ無知さであった。私は小説を書くため、その両方の患者たちの多くとつき合い、医者に教えを請い、可能な限り、輸入血液製剤の被害者たちの救援運動にも参加した。

私の小説『愛死』はその頃ベストセラーになったがロングセラーにはならなかった。エイズはマスコミから忘れられたようになっている間に、今では過去最高に増えている。さすがに新聞でも十二月一日だけは、取りあげていたが、それっきりである。

この凶々《まがまが》しい年よ早く去れ。しかし来る年がどのような幸いを運んでくれるか期待出来ない。今年の災害、災厄の爪跡はまだなまなましい。台風、地震の被害者たちは、冬を迎えてより苛酷な避難生活にあえいでいる。今からでも遅くはない。遅ればせながら不調体調を克服して、私は今から広い三十三間堂の庭を借り、救援寄付金を募る辻説法を十一、十九の二日間することにした。

寂庵を訪れる人を出迎える寂聴さん

「時代の風」（『毎日新聞』二〇〇四年十二月五日）

書斎の机上

東北の古刹 天台寺をゆく

一九八七年五月五日、天台寺第七三世住職として寂聴さんは晋山《しんざん》した。
以来、天台寺はその姿を刻一刻と変化し続けてきた。
境内や参道は整備され、その周辺には紫陽花《あじさい》が咲き誇っている。
毎月第一日曜日に行なわれる法話には全国各地から多くの人が
この天台寺めざしてやってきて、境内を埋め尽くすのである。
かつては荒れ寺として無残な姿をしていた天台寺も、
いまや全国でもっとも名の知れたお寺の一つとなった。
まさしく寂聴さんは、天台寺中興の祖である。

目に見えないもの

最近日本が悪くなったのは、目に見えるものにしか夢中にならなくなったからです。家を新しくしようとか、きれいな洋服を買おうとか、ダイヤモンドを買いたいとか、目に見えるものだけに夢中になる。しかし、目に見えないものが世の中にはたくさんあります。そして、ほんとうは、その目に見えないものによって地球は動かされている。私たちの命は支えられている。目に見えないものとは、神であり、仏であり、皆さんのそれぞれの心です。心は目に見えません。しかし、皆さんは身体の中に心をもっている。目に見えない生命とか、心とか、あるいは神とか、仏とか、私たちがそう呼んでいるものに畏れを抱かなければいけません。その畏れを抱く気持、それを私たちは忘れてしまいました。全部忘れてしまいました。そのために日本人は自分のことしか考えなくなり、人の悲しみや苦しみにまったく不感症になってしまった。そして、嫌な、つらい世の中が現出したのだと思います。昔の日本人はそれをもっていました。しかし、遅くはありません。二十一世紀はこれでは困る、と皆さんは思っている。だからこそ、遠いところからはるばるこの雪の中に来てくださったんだと思います。ですから、これでは困るという、皆さんの気持、パワーを、どうかここで爆発させて、二十一世紀こそ今までと違う、すがすがしい、さわやかな世紀にして欲しいと思います。（二〇〇一年一月一日　新春法話にて）

参道を下る寂聴さん（1987年）

なつかしい人

偉い人になれ、とか、有名な人になれ、というふうにお子さんには言わないでください。ただ、優しい人、なつかしい人に育ってくれ、とお子さんに教えていただきたいと思います。今は、偉いお役人になっても、偉い銀行の頭取になっても、そういう人たちはみんなお縄頂戴でしょ。だから、うっかりそんな人にならないほうがいいんですね。ですから、優しい人、なつかしい人に育つように、その人がそこにいるだけで周りの人たちの心が安らぐような、慰められて幸福になるような、そういうふうな人になるように、お子さんや、お孫さんに話し掛けていただきたいと思います。

いま、少年の凶悪な事件が次々に起って、私たちはそんな事件を恐ろしく思っておりますけれども、ああいう少年の犯罪が現われるということは、本人だけを責められないと思います。彼らが生きている社会を支えているのは大人たち、われわれのすべての責任だと思います。そのご両親の責任であり、社会を構成しているわれわれ大人たちすべての責任だと思います。そういうことを考えて、罪を憎んで人は憎まずで、なんとかして彼らが反省し、更生してくれることを祈ることが仏教の教えでございます。（法話にて）

笑いがいちばん

岩手県の天台寺では、毎月第一日曜日に法話をしています。当初、三千人、四千人の集まりだったのが、最近は一万人もの人がいらっしゃる。石段を登ってこられる方をこちらから見ておりますと、黒い濁流が押し寄せてくるように思われるんです。それを見ておりますとこちらが怖くなるんです。境内には立錐の余地もありませんので、なかには木に登っている方もおられます。そんな状態です。私も、どうしてこうも大勢の方が来られるのか不思議なのです。天台寺のある浄法寺町は、ほかにはなにもないところです。結局、皆さまがなんとなくこの世の現象に不安を抱いておられるのだと思います。幸せな方はこの幸せがいつまで続くのかしら、また、なにか苦しいこと、悲しいことをお持ちの方は、どうしてこんな目にあうのかなというような、なにか心に落ち着かない不安を感じていらっしゃるから、私の話を聞きにきて下さるのかな、と私は思っております。

私の話が皆様のお役に立つのであれば、多くの機会を設けてお話をしようと思っております。別にたいしたことを話しているわけではないのですが、ただ、私の話はおもしろいんですね。おもしろいから皆さまが、ワアーっとお笑いになる。笑うと身体の血の巡りがよくなって、身体の調子がよくなるんです。ですから笑って下さればいいと思っております。（法話にて）

山門より本堂を眺める

参道の中腹にある清水明神の湧き水

参道入口にある桂
この桂の根元から泉が湧いている

境内のあちこちに石仏が置かれている

軽快な足取りで参道を登る寂聴さん

仏陀とは、悟れる者

お釈迦さまは、われわれと同じ普通の人間でございました。たまたま小さな国の王子さまとしてお生まれになられましたけれど、その普通の人間が生まれてすぐに、七日ぐらいで生母に死に別れるんです。そして、成人になったお釈迦さまが結婚し、初めの子どもが産まれてすぐに、美しい王妃さまも、歳をとったお父さんも、育ててくれた恩ある義理のお母さんも、その小さな国の王子さまとしての幸せな生活も捨てて、夜中に一人、お城から抜け出して行って、修行をしたあげ句に、仏陀、悟れる者という人になられました。仏教の根本の教えは、普通の人間が、心がけや修行によって、仏陀になって人の悲しみを救う、苦しみを救ってあげる、そういう者になれるんだということにあります。

ですから、はじめから聖なる者として生まれたのではなく、普通の人間として生まれたお釈迦さまが修行の結果、素晴らしい仏陀になられたということが大切です。われわれもつまらない生涯を送りながら、しかしそのなかで、一日一日、刻々刻々と努力を重ねますと、とてもお釈迦さまほどにはなれませんけれども、その足元ぐらいには近づけるんじゃないか、あるいは、近づけるんだよということを教えてくれているんだと思います。

（法話にて）

口では言えないこと

天台寺を訪れた人の求めに応じてサインをする寂聴さん（1987年）

お釈迦さまが悟ったことというのは、文字などで書けるものじゃないと思うんですよ。例えば、私が出家した時、「なぜ出家したのですか」とよく聞かれましたが、そのたびに「答えられない」と答えたのです。いわく言いがたい微妙なものだからです。そういうものが世の中にはある。どうしても口では言い表わせない微妙なものがあるんです。悟りもそういうものではないかと思います。私はまだ悟ってないから言えませんけど、もし悟っても、それは私の筆力では書けないと思う。一部を言うことはできても、とても全体は言えないんじゃないかしら。

（『般若心経』）

歳をとる

歳をとるということは、たいへん悲しい、寂しいことではありますが、歳をとっても生きているということは、早く亡くなった人に比べますとたくさんの思い出をもらったことになります。悲しい思い出もありますけれども、生きていてよかったという思い出もあります。そういうことでこれからの残る時間を大切にして、私たち年寄りは元気を出していくべきだと思います。まだ歳をとっていない、若い方もたくさんいらっしゃいますけれども、その方たちも、今は威張っていてもすぐ歳をとるのよ（笑い）。ですから、自分よりも長く生きてきた、経験のある年寄りを大切にして、いろいろなことを聞き、その教えを子どもや孫に伝えていくようにすれば、また昔のいい日本が戻ってくるのではないかというふうに、私は楽天的に考えております。

なにか悲しいことが次から次に起りますけれども、どうかこれには負けないで下さい。いつも悲しいことが続くわけではございません。雨の日がずっと続くわけではございません。雨の降った後には必ず晴天の日がまいります。しかし、晴天の日ばかりが続くわけでもございません。ちょっといい状態が続いているから、またちょっと変なことが起るんじゃないかな、と気を引き締めるようにすることが大切です。私たちは元気を出して、先に希望を持って生きていけばいいのではないかと思います。（愛宕古道街道灯しにて）

嗅覚の衰え

円地文子さんが『源氏物語』を書いていた時、同じアパートでずっと暮らしたことがあるんです。一緒にご飯も食べたりしました。先生は最後は目がとても悪くて、ほとんど見えなかったんですが、その前、まだお元気だった時分に、きれいなお花が差し入れられたんです。「先生、いいお花の匂いがしますね。すてきな花ですね」と言ったら、「あらそう？　私鼻がきかないから、わからないの」。それまで知らなかったんだけれど、年を取って衰える現象の中に、鼻がダメになるのが、あるそうですね。円地さんは目も悪くなったけど、それより先に鼻がダメだったんです。だから、香水もあまり好きじゃなかった。いい香水をもらったって、匂わないんですもの。嬉しくないわけです。人間の体が衰えていくと、そういうこともあるんだなと、その時、私はちょっとわびしく感じたものでした。（『般若心経』）

往生

往生するという言葉があるでしょう。往生とは死ぬことだと私たちは思いますね。けれども、この字を見てください。往きて生まれると書く。ですから、ただ死ぬことじゃないんです。往きて生まれるとは、あの世に行って、そこで生まれ変わるということ。つまり永遠の生命を生むということです。結局仏教では死ぬことを、死んでなくなるとは考えない。あの世において生まれる、永遠の生命を生むというふうに解釈します。（『般若心経』）

天台寺の寂庵前にて

本堂に安置されている平安仏

携帯メールに一念発起

この一ヵ月ほど、携帯電話のメールに夢中になっている。

かねて機械オンチを自称していて、仕事上ファクスは早くから使っているものの、紙がつまったり、インクがなくなったりしたら、もう火事でも起こったように騒ぎたて、スタッフに動くよう修正してもらうのが常であった。

その度忙しいスタッフたちは、子供に教えるように、直し方とか、つまった紙の取り外し方とか、インクの入れ方とかを覚えさせようとする。

順番に、操作の次第を書いた紙を、こりもせず、何十度でも書いて渡してくれる。しかしそんなものは、見ると、ジンマシンが出そうになるので、彼女たちが部屋を出るなり捨ててしまうのだ。

いつまでたっても、私は機械に馴れないし、馴らすことも下手である。それでもどうにか真夜中に、原稿をファクスで送ることは自分で出来るようになったものの、いつかなど、下町の知らない靴屋さんから、電話がかかり、私の原稿がその店のファクスに入ってきたけれど、どうしたらいいのかと問われて、ファクスの前でペコペコ頭を下げ平あやまりにあやまった。

送るべき相手と違う新聞社や出版社に、原稿を間違って送りつけることなど常習犯なので、向こうでも、またかと、もう驚かず、破り捨ててくれる手筈になっている。

そんな私が携帯電話を持たされたのは、旅の多い私の予定が、始終変更するので、せめて居場所や、乗り物の時間の変更は知らせて欲しいという、スタッフたちの要望による。

持たされた直後、耳に押し当て、

「これ、こわれてるよ。ちっとも聞こえない」

と叫んだら、携帯の裏側をしっかり耳に押し当てていたのだ。

そんな機械オンチの私が一念発起して、メールを覚えようと決心したのは、わけがある。

編集者に汚い自筆の原稿を送りつづけ、厭《いや》がられているのは知りながら、手書き原稿にしがみついていた私も、ふと、ある夜、自分の年齢を直視し、今年に入って、次々他界していく知人の数に愕《おどろ》かされているうち、自分も、今夜死んでも当たり前なのだと思うと、がぜん、ムラムラと生命力が昂揚してきた。

したいことは、ほとんどし尽くし、今夜死んでも悔いはないと、かねがね思いつづけているが、死ぬまでに何か新しく習得できることはないかと思いめぐらすと、宝の持ち腐れのような携帯を駆使して、世界一短いラブレターなど遺してみたいではないかと思いついた。

人に教えてもらうのは恥ずかしいので、今まで開いたこともない取扱説明書を開いてみると、活字人間の私には、説明の活字がスイスイ頭にしみこみ、虚心にその指示通りに従ってみると、何と、どうにか文字が並んだのである。相手は六七歳の仏壇屋の甥《おい》にした。

いきなり「あいしています」と、メールが舞いこんだので、甥は「気でも狂ったのか」と、電話で訊いてきた。私の発心を聞くと、甥は即座に賛成して、自分も俳句を送ると勢いづいてくる。店は息子の代になり、俳句を習いはじめたばかりの彼は、五七五は、メールに似合うという。たちまち、漢字の変換も覚え、絵文字まで駆使出来るようになり、たどたどしいながら、下手な俳句を打ちあって、私の腕はみるみる上達した。

もうあとは馴れて速くなるだけである。小学生でも出来ることが八三の老婆に出来なくてどうする。その意気込みと好奇心だけが、私の取り柄で、元気の秘訣であろう。

たまたま開いた週刊誌に、大前研一さんの興味深いエッセイを見つけた。

世界最高の高齢者国となった日本は、介護を必要とする高齢者よりも、健常な元気な高齢者の方がはるかに多いという。彼らをマーケットとしたビジネスこそ、これからの日本の新しい方向性を示すといっている。高齢者を活かすプログラムを、先進国の中で、日本が一番持っていないそうだ。

今の日本では高齢者が働けば金を貰えなくなるから、働く気にならないのだという。六五歳から、高齢者扱いされるが、六五歳なんて実に若い。年金を貰えるからといって、仕事をやめてブラブラして、果たして幸福なのだろうか。

私は六五歳から、それまで以上に仕事をしつづけてきた。定年のない自由業だから出来たといえるが、本来私は勤勉で、働くことが好きなのだ。自分の働きが少しでも、人のために役に立っていると思えたら、そんな幸福なことはない。

天台寺秋の例大祭（10月5日）に正装で法話する寂聴さん

老人になったと思った瞬間から、人は老いる。いくつになっても、心に好奇心が生きていて、情熱が消えていない限り、人はじっとしていられない筈《はず》だ。

老人には、長い生活の経験から得た智慧がある。若い人にはない判断力がある。若い人に教える自信もある。それをもっと活かして使う政策を、行政も研究してみてはどうだろうか。

折も折、久世光彦《てるひこ》さんの突然の訃報はショックだった。若いと思っていたのに、七〇歳とは。れっきとした老人である。それにしてはあの旺盛な仕事ぶり。今後の仕事の予定プランの華やかさ。見事な定命《じょうみょう》の終わり方だ。羨ましい生の幕引きである。

「時代の風」（『毎日新聞』二〇〇六年三月十二日）

天台寺本堂

「21世紀最初の修正会（しゅしょうえ）」 2001年1月1日、年が明けるとともに読経を始める寂聴さん

仕事と育児の当世事情

最近、私の仕事関係でつきあう女性編集者や、放送関係のキャリアウーマンたちが、つぎつぎ妊娠して、産み月を迎えて産休をとっていく。

彼女たちは、こちらがはらはらするほど、臨月まで働き、自分の責任の仕事を休暇中の分まで、きちんと片づけて休みに入る。

「では産んでまいります」

と、元気な笑顔でしばしの別れの挨拶もきちんと告げに来てくれる。はじめてお産をする人もあれば、二人め、三人めの人もある。

揃って優秀なキャリアウーマンで、容姿も端麗、頭もよろしい。人との対応も礼儀正しくチャーミングである。私はこういう仕事の出来る女性を尊敬しているし、好きだ。こんないい女の夫となって、子供を産ませる男の顔が見たいと思う。

こういう人たちの話を聞いていると、仕事と出産を難なくこなして両立させているようで、どこが少子化なのかと一瞬とまどってしまうくらいである。

産まれた子は近くに住む実家の母や姑《しゅうとめ》さんに緊急の場合は預かってもらったりしているようだが、託児所に早くから預けて、自分の仕事はつづけている。

「産んでしまえば、子供の生命力が自分で生きようとつとめるのか、なんだか育ってしまうものですね」

とけろりとしている。

そういう母たちは、夫とは別れようかと思う時に直面してもあわてない。赤ちゃんだった子がいつの間にか小学四、五年に育っていて、結構意見もいってくれる。

「疲れてるんじゃない？　少し休めば？　ぼくはお母さんも好きだけどお父さんも好きだから、離婚しない方が嬉しいけど」

などと言われると、頭に冷水をかけられたようで、平常心がもどるなど、笑って話してくれると、こちらもほっとする。

そして中には、中学校や高校生になった子供から、

「こんな暗い毎日送るより、いっそ離婚してさっぱりしたら」

など、意見されることもあるという。

真剣に働く母の背中を見て育つ子は、みんな優しく思いやりがあるようだ。

私など旧《ふる》い人間は、仕事を本気でするなら、とても家庭の炉辺の幸せなどは縁なきものと、悲壮に考えてきたが、そんな時代遅れのことは、八三にもなれば、さすがに口にするのが恥ずかしくなった。

時代はたしかに変わったのである。幼児を預けられる託児所をもっと政府が積極的に用意すれば、さらに女性の潜在力を開発することが出来るだろう。そんなことを考えている時、思いがけない本が届いた。『パパの涙で子は育つ～シングルパパの子育て奮闘記～』（ポプラ社）という本である。著者の名を見て「おや」とびっくりする。込山正徳さんといえばフリーのテレビディレクターで、私はこの人と仕事をしたことがある。

四、五年前、平野啓一郎さんと中国への旅をして、ＮＨＫのテレビで放映した。その時のディレクターが込山さんで、人なつっこい目をして、ずばずばと心の中に押し入ってきて、あっという間に、こちらの本音を引き出してしまうという妙技を持っていた。いつでも明るく、過密なスケジュールを軽々こなし、スタッフを笑わせ、場を陽気に盛りあげていた。

長い道中で、奥さんはタイの人でアップルちゃんというニックネームで二人の男の子がいると話してくれた。人の心のカーテンを取り払うには自分の心も裸にしなければならぬと考えているようであった。

アップルさんは日本料理も好きで、日本で暮らすのに何不自由ないようだけれど、日本人とのつきあいは好きじゃないらしいという。

ディレクターの仕事は想像以上に忙しいし、不規則だ。半月も時には一ヵ月も旅に出るし、会社に泊まりこみで編集作業をすることもある。

「それでもアップルちゃんはフラストレーションおこさない？」

「おこしますよ！　それで大変なんだ！」

込山さんはそれがまた面白いという顔で笑っていた。

寂庵の縁側で訪れる人との会話を楽しむ寂聴さん（1987年）

それでも自分の家庭が愛にあふれ、家庭がしっかり結ばれているという自信と自負にあふれていたのに……。私は心配になって二三一頁の本をいっきに読んでしまった。

アップルちゃんは、「日本はきらい、日本人もきらいになった」といってタイに突然帰ってしまった。

八歳と三歳の男の子は込山さんが引きとった。それから獅子奮迅のパパの子育ての苦労が書きつづられている。さすがテレビディレクターだけに、各場面が映像で見るようにいきいきと活写されている。全員なぜか明るくて、思わず笑ってしまったりする。下の子はオムツもとれていない。とても仕事なんて出来る状態でない。

とうとう万策つきたパパはヨメ探しに奔走する。結婚相談所でもひどいめにあい、最後にインターネットのサイトで、女の子を一人持ち離婚した女性とめぐり合い、めでたく再婚にゴールイン。今は三人の子のパパになって、涙のシングルパパにさよならし、好きな仕事に全力投球していると文章は結ばれていた。

シングルパパのための託児所も、政府はもっと力を入れてあげてほしいものだ。政治家だって、いつ、女房に逃げられるかわからないよ。

「時代の風」（『毎日新聞』二〇〇五年十一月二〇日）

天台寺秋の大祭

今日は天台寺では秋の大祭と申しまして、春の五月五日と秋の十月五日と、この二つが天台寺の大きなお祭りです。先ほど十二時にここから御神輿が出まして、本堂の周りを三周して、私が皆様に聖水を注ぐということをいたしました。御神輿が出ます時に、檀家のいちばん長老の人は紋付き袴で、行列の先頭に立ちます。そして、三角の白い布を頭につけます。絵なんかで見る幽霊が三角の布をつけているでしょう。死んだ印ですね。その三角の布をつけて、紋付き袴に改めて長老が歩いていきます。その後を御神輿が出るんですが、普通、御神輿は、「わっしょい、わっしょい」と元気よく、にぎやかに担ぎますね。しかし、天台寺の御神輿は、粛々としてとても静かに廻る。三角の布をつけているというのは、お葬式です。これは誰かのお葬式をしているという形です。どなたのお葬式をしているかと申しますと、長慶天皇という方のお葬式なのです。

長慶天皇はどういうお方かと申しますと、南朝三代目の天皇です。この天皇はとても豪気な方で、幕府と仲良くしなかった方でした。幕府が仲良くしましょうと懐柔策を出しても、それに従わないで頑張っておりました。そのために幕府は長慶天皇を憎みまして、いろいろと迫害を加え、吉野にいられなくしてしまったのです。それで、長慶天皇は吉野から海路で東北に逃げて来られました。そして東北の地を転々と流浪の旅をなさいます。その頃から東北には勤王の志の深い方たちが多かったので、その方たちを頼ってお出でになったんですね。ところが幕府の力が強いので、豪族たちも長慶天皇をかばいきれない。それで、長慶天皇は土地の人びとを気の毒に思って、天皇の身でありながらご自身から流浪の旅をなさったのです。

天台寺秋の例大祭　行列の先頭に立ち、聖水を注ぎながらゆく寂聴さん

そして、最後に辿り着かれたのが、この天台寺でございます。そしてこの天台寺でお亡くなりになられました。この村の人びとはたいへんに心優しい方たちでしたから、天皇のために丁重なお弔いをし、毎年の命日には法事をして差し上げたのだと思います。そのお葬式と法事の形が残されて、今の天台寺の大祭ということになっているんです。ですから、御神輿のなかには天皇の魂がいらっしゃるということで、本堂の周りを粛々と廻っているんです。（天台寺秋の大祭にて）

伝長慶天皇陵

秋の例大祭での法話

私が十四年前にここに参りました時には、境内全体がたいへん荒れはてていました。上のほうに、ちょっとした柵があるから、「これ、なあに」と聞いたら、「これは天皇のお墓」っていうくらいで、お墓らしい形もしていなかった。はじめは、それまでよりはましな木の柵にいたしました。そのうちに有志の方が、それではもったいないというので石の柵にしました。そして柵のなかに砂利を撒いて、いかにも厳かな感じになりました。そして、私が書いた卒塔婆を立てて拝んでいたんです。

その後も、もう少しきちっとしたお墓にしなければいけないんじゃないかな、と思っていた。寂庵に、昔の、とてもいい五輪の供養塔があるんです。あまりに形がいいので、寂庵の燈籠代りにしていたんです。それがとてもぴたっとくる。でも、天皇のお墓にするのに古道具屋で買ったものを持って来ては罰があたると思いまして、迷っていたんです。

そんな時に美輪明宏さんが天台寺にいらしたので、一緒にお墓を拝んだんです。そうしたら、突然美輪さんがビリビリッとして、「寂聴さん。天皇がね、ここにお墓の石が欲しいと言ってらっしゃる」。「それはどのような石でございますか」って言ったら、「下が四角で、真ん中が丸で、上が三角の石だ」と。それは供養塔の石ですよね。「まさにそれが家にあって、持ってこようかどうしようか、美輪さんに相談しようと思っていたんです。そういうものを持って来ていいかしら」。「それが欲しいと言ってらっしゃる」。

それで私は供養塔を寂庵から天台寺に送りまして、苔むしていましたのを、一応洗いまして、きれいなお墓にしました。檀家の人たちがお墓の周りの木を刈ってくれましたので、道からそのお墓が見えるんです。青空が見えるところにお墓があって、なんともいえずいいお墓になりました。皆さんも、ぜひ拝んで下さい。雨が降っても拝んで下さい。御利益があります。そういうお墓ができたのです。（天台寺秋の大祭にて）

伝長慶天皇陵に詣でる寂聴さん

止まったままの時計

「四年前の九・一一が私たち夫妻に与えた衝撃はあまりにも大きく、あれ以来私たちの時計は止まったまま、いまだに不条理を受容しきれず、〝どうしてこんな事が起こってしまったのか〟〝あの日、あの場所にどうして我が子が居なければならなかったのか〟問い続けております……」

そんな書き出しの手紙は、一冊のずしりと手に重い立派な箱入りの本と共に送られてきた。まっ白の一切の装飾を捨てた本は、ある人の追想録であった。追想されている人は、手紙の主のOさん長男のSさんであった。

二〇〇一年九月十一日、ニューヨーク世界貿易センタービルに、旅客機を乗っ取ったテロリストが自ら操縦し、体当たり衝突を遂げ、ビルが崩壊するという大惨劇が決行された。たまたま偶然つけたテレビでその歴史的瞬間を見てしまった私は、てっきり何かの映画の撮影場面だろうと思っていた。それが現実に起こったテロ事件の実写画面だと知らされた時は、あまりの衝撃に全身に震えが走った。

その後テレビは連日朝から夜中まで、そのテロ事件の報道が繰り返されていた。そんな中で私は仕事で上京し、投宿したホテルの地下の廊下で、見知らぬ人に声をかけられた。上品な六〇前後のご夫婦づれで見るからに沈みこんだ暗い表情をしていた。夫婦が遠慮深い声でつぶやかれた。

「実は私どもは、ニューヨークのテロで、息子が行方不明になったものでございます」

テレビであの映像を見た時以上の衝撃を受けて、私は動転してしまった。一つの遠い世界のニュースとしてしか受けとめていなかった事件が、突然目の前に被害者の肉親の打ちひしがれたなまなましい姿を見て、現実感が痛いほど全身に刺さってきた。

本堂の前で訪れる人に手を合わせる寂聴さん

一言一言ためらいがちに語る夫人の話によると、水戸在住のOさん夫妻も、ただ戦慄を覚える外国のニュースだとして捉えていたところ、真夜中にかかってきた電話で、東京で勤務中とばかり思っていた長男のSさんが、ニューヨークへ出張中で、あの日、あの時間、あのビルにいた可能性があると知らされる。それ以来、悪夢の中をさまよう心地で、生きている実感もないという。夜が明けるのを待ちかね上京した夫妻は、会社で説明を受け、やはりSさんは第一ビルの一〇六階で催される会議に出席中、テロに遭ったという現実を知らされた。

今はアメリカへ渡る飛行機待ちの状態だといわれた。部屋にこもっているとあまりに辛《つら》いので、地下に気晴らしに来たところで、法衣姿の私を見かけたため思わず声をかけたといわれた。夫人の話される間、立っているのも辛そうに、悄然《しょうぜん》とうなだれていられた。ショックと心痛で体調を崩されているというご主人の方は、流すだけで、こんな理不尽で不条理な事件にどう対応したらいいのだろう、恨みの報復をしたくても、相手も死んでいることだしと、独りごとのようにつぶやいていた。私は慰めの言葉も見つからず、夫人と一緒に涙を肩を垂れうつむいていたOさんが突然、しゃきっと背を伸ばし、激しい口調で言われた。

「もう結構です。これ以上、無駄な人殺しはしてほしくない」

その気迫に打たれて私の背も思わず伸びていた。

Oさんは結局体調が良くならず、アメリカ行きはSさんの愛妻とその父と兄が行かれたが何の手がかりもなく帰国された。

Sさんの遺体が奇蹟的に見つかったのは翌年の二月のことで、Oさんは渡米し、遺骨を抱いて帰られた。

「アメリカでは骨はパウダーにするらしいが、粉にする気にはなれず遺骨のままつれ帰った」

追想録のお礼にかけた電話の中で、Oさんは落ち着いた口調で話された。墓に収める気にもならず、息子の嫁と分けあった骨をまだ手許《てもと》に置いているとか。この四年の間、Oさんはなぜあのテロが起こったか、どんな思いでテロリストは身を捨ててまでこんな事件を起こしたのか考えつづけ、アラブ・イスラム社会について少しでも理解しようと、関連の本を読みあさった。その中で、中東における欧米列強の分断と干渉、武器供与・売却などによる絶え間ない争乱の歴史がわかってきたという。

「九・一一は、幾百千万の抑圧され虐げられ、誇りを傷つけられつづけた人々の深い怨念がこり固まって噴出した結果だろうとしか考えられなくなったのです。私はといえば、このようなかたちでの逆縁という人生究極の不幸に遭い、よくも気も狂わず生きてきたと思います。息子のことがアフガンやイラク侵攻の巻き添えとなって殺される無辜《むこ》の市民と重なります」

「追想録」の中のSさんの遺影は、剣道で鍛えぬいた体がいかにもたくましく、すがすがしい智的な風貌の瞳はどれも、やがて断ちきられるとは知らない未来を見つめて、明るい光をたたえていた。

振子《ねじ》ありて捲き戻せばや運命の狂いし歯車九月十日に
炎《ひ》の階を降りるすべなく窓により手を振るむれに汝《なれ》は居りしか
報復の連鎖はてなく怨念の渦巻く惑星《ほし》に生くるわれらは
（手紙の中のOさんの歌）

「時代の風」（『毎日新聞』二〇〇五年九月十一日）

両手を広げ、明日の晴天を祈る
寂聴さん（秋の例大祭の前日）

天台寺の仏像

天台寺の本尊　伝行基作木造「聖観音立像」。鉈彫り技法による素晴らしい観音像で、「桂清水観音」とも呼ばれている

奈良時代の高僧行基の作と伝えられる木造「十一面観音立像」

山門に安置されている仁王像の吽形（うんぎょう）像

山門に安置されている仁王像の阿形（あぎょう）像

吉村さんのお別れ会

七月末日、吉村昭さんが他界されて、八月二四日に、東京・日暮里の駅前のホテルで、お別れ会があり、六百人ほどの人が参会して、盛大な様を目にしているのに、まだ吉村さんの死の事実が、つい昨日のことのような、なまなましさで心に住みついている。

それは、お別れ会で、文壇鴛鴦《おしどり》夫婦と謳《うた》われてきた、残された配偶者の津村節子さんの挨拶に、強烈な印象を与えられたからであろう。

この日、節子さんは喪服にきゃしゃな体を包み、数人の心のこもった懇切な弔辞のあと、左手に原稿用紙を握りしめて、客席の前に立った。

低く抑えた落ち着いた口調で、吉村さんの発病から死に至るまでの時間を、こと細かく、正確に語っていった。もともと講演の名手であったが、この日の話は、私小説的な打ちあけ話であったので、出席者の席はしいんと静まり返って、ひたすら節子さんの声に聴き入っていた。

吉村さんは舌がんから最後は、膵臓《すいぞう》がんに転移したとのことだったが、病気をあくまで外界にはかくし通すという吉村さんの堅い意志を重んじて、節子さんもそれを厳守してきた一年余りが、とても辛《つら》かったと話した。

そのため、節子さんは原稿を書きつづけ、引き受けていた講演はすべてこなし、友人の慶弔の会には、吉村さんに代わって、まめに出席した。それを吉村さんが望んだからであった。

そして最後は自宅療養を望み、病院から家に帰ってきた。節子さんと娘さんと、息子さんの奥さんの三人で、看護の方法を学び、手厚く看《み》とった。もちろん外からの看護師も通ってもらっていた。

しかし、ある日、吉村さんは、節子さんの目の前で、突然、点滴の管を自分で外し、カテーテルもむしり取ってしまった。

「死ぬよ」

という一言が、ようやく聞き取れたという。

節子さんはさすがに話がそこに至ると、嗚咽《おえつ》を嚙《か》み殺しかねていた。

「目の前で、自決されて、死んでいくのを見てしまったので、今、ちょっと取材に行っているとか、別の部屋で書いているとか、自分をごまかせないのが辛い。むごいことをする人です」

と、万感の哀惜をこめて言い、聞いている人たちの中からすすり泣きする声がおこっていた。

節子さんは書いてきた原稿は左手に握りしめたまま、一度も見なかった。何も持たない右手をしっかりと握りしめ、拇指《おやゆび》だけが、もだえるように、ずっとひくひく動きつづけていた。

これから日と共に淋しくなるだろう、と思うと可哀そうでならなかった。あれほど節子さんを愛していた吉村さんは、きっと四十九日が過ぎても、節子さんのところへ来て、背後から節子さんを見守りつづけているのことだろう。

送られてきて、まだ開いていなかった本をあけてみた。

『ベスト・エッセイ2006意地悪な人』という題の本で、日本文芸家協会編で、毎年光村図書が出版している。その年のエッセイ集である。今年の題は、林真理子さんのエッセイの題を使っていた。七八人のエッセイが集められている。

その中に私の「半世紀の縁」というのと、吉村さんの「道づれ」も載っていた。吉村さんは最後に位置して、全体をぎゅっと引き締めて風格があった。

たまたま、私のは、津村節子さんの、岩波書店で出た全集のお祝いに「図書」に書かせてもらったもので、「半世紀の縁　津村節子さんのこと」という題で、吉村夫妻と私との長い交流をふりかえったものであった。

ずいぶん長いのに、全部載せてくれていた。

吉村さんは、津村さんの全集が出たことをとても喜んでいたという噂を、岩波の人から聞いていたので、きっと、私のこの小文も目にしてくれていただろうと思うと、わずかに心が慰まった。

境内をゆく寂聴さん

吉村さんの「道づれ」は、エッセイというより、掌《たなごころ》小説の傑作と呼ぶにふさわしいものであった。

終戦の年の三月、旧制中学校を卒業したことから書き起こし、その時すでに肺結核にかかって、一年の五分の三を病気欠席していたので、落第するところを、辛《かろ》うじて卒業出来た話から始まり、長兄の経営していた造船所に勤務した話に移る。その時、たまたま、乗ろうとしたバスに長蛇の列の待ち人がいたので、待つのをあきらめ、歩きだしたら、同じ行動をとった人と、何となく道づれになってしまった。

その中年のうらぶれた男が、いつのまにか吉村さんに話しかけてきて、問わず語りを始める。

その男は、焼け出されて逃げる途中、妻と子を逃げこんだ池に残して、このままでは死んでしまうという考えに脅《おび》え、夢中でひとり、池から逃げだしてしまったという。

妻は薄情な夫の行動を許せず、子供をつれて実家に去ってしまった。

男は、今、その妻のところにあやまりに行く途中だと話す。男とはそのまま別れた。

無駄のない一分の隙《すき》もない名文である。

この文は、「ちくま」二〇〇五年一月号に載った。吉村さんの病名が判明したのは、その年の二月のことであった。


「時代の風」（『毎日新聞』二〇〇六年九月三日）

法話をする寂聴さん

突然降り出した雨に「エイ！　天気になれ！」と気合を入れる寂聴さん
天台寺連絡先＝0195-38-2500

境内にあふれる人びとを前に法話する寂聴さん

歳月

今年、私がものを書く仕事で生活をまかなってきてから、五〇年になるのだという。といわれても、自分としては無我夢中で生きてきたから、五〇年になるなど勘定したこともないし、考えたこともなかった。

人に言われて、それはどの作品から数えて五〇年なのかと訊けば、新潮社の同人雑誌賞を得た「女子大生・曲愛玲」の原稿を、西荻窪の赤いポストに投げこんだ時からだという。その頃は瀬戸内晴美という戸籍名で書いていた。

そういわれてみれば、ほんとにはるばる書きに書いてきた長い歳月だったと、感無量になる。

その作品を書く四、五年前から、すでに三谷晴美のペンネームで、私は少女小説を書いていて、それで食べてきていたから、作家生活といえば五十何年かになる。その間、ただの一度もペンを捨てようと思ったことはなかったし、ペンを持つ以外の手段で、食べていこうとは考えたことはなかった。

五一歳で出家の道を選んだのも、死ぬまで書きつづけるためには、もっと自分の思想のバックボーンを鍛えておきたいと思ったのが本音であった。

新潮社同人雑誌賞を受賞したあと、受賞第一作の『花芯《かしん》』という小説で、子宮作家のレッテルを貼られ、その後五年間、文芸雑誌で相手にされなかった。

今から思えば、よくあの時、耐えてこられたものと思うが、「この批評はまちがっている。私の作品の方が、これらの批評より、よほど文学的だ」という信念と自負が、私を支えてくれたのだと思う。

木々に覆われた境内の、すがすがしい空気を満喫する寂聴さん

奇蹟的に、私は文壇に認められるようになったが、芥川賞も直木賞も素通りして有名有効な何の賞も貰わずにやってきた。

よくここまでペン一本で生きてこられたと思う。

たまたま、今日、断り切れない講演をしてきたが、その会は、製本業者の組合連合会の創立五〇周年記念の大会であった。

丁度、私がものを書きはじめた年にこの連合会が生まれたのかと思えば、不思議な因縁に、壇上で感慨深いものがあった。

四〇〇冊ほど書いてきた私の本はすべてこの製本業者の手をわずらわせたものだと思えば、壇上からお礼がいいたくなった。千年前の『源氏物語』が書かれた頃は、印刷業も製本業もなかった。紙に毛筆で書かれた原稿を、それぞれ筆写して、読者が増えていったものだ。それをまた、音読するのを複数の読者が聞いて、感動したものであった。

おそらく、その頃は原稿を経本のように、とじて手造りで製本したものを、各自が持ったり、貸したりしていたものだろう。五〇〇年前には、まだ活字は植字工が一字々々拾っていた。印刷会社にも、老練な植字工が必ずいて、神業のように正確に速く活字を拾ってくれたものだった。

それを、製本業者が見事な本に仕立てあげてくれた。

考えてみれば、一冊の本にどれほど多くの、顔も名も知らない人々の助けをいただいていたことかと、改めて思い返す。

そうしてようやく店頭に並んだ本を手に取り買ってくれた読者の数を思うと、気も遠くなってしまう。

書きつづけて来られた五〇年の作家生活に、それを支えてくれた名も顔も知らない恩人たちのことを思うと、自分の八四年の人生の只ならぬことに思い至る。

平林たい子さんが生前、私におっしゃったことばがある。

「何事も多すぎるというのは、みっともないことですよ。作品の数もそうです」

その頃すでに書きすぎていた私は恐れ入って聞いていた。同じ頃、円地文子さんが、私に口癖のようにたびたびおっしゃった。

「いいですか。小説家の書いたものなど、死ねば三年と持ちませんよ。二年もたてば、どんな流行作家も見捨てられてしまいます。生きているうちが勝負ですよ。書きに書いて、書き死する覚悟がなければ」

お二人とも生きていられたら、今年そろって一〇一歳である。お二人よりも年長で九八歳で亡くなるまで、現役作家でありつづけた宇野千代さんは私におっしゃった。

「あなたの小説を読むと、あなたは作家を特別の職業のように思ってるらしいけど、小説家も、パン屋や八百屋や魚屋と同じ職業なのよ。そこがわかれば、もっと小説がよくなります」

そういわれた宇野さんは九五歳の時、「或《あ》る小石の話」という、声もでないような短編傑作を書かれている。

宇野千代さんが、最も尊敬していられた、白寿を全うされた野上弥生子さんは、私にこうおっしゃった。

「瀬戸内さん、私は軽井沢の別荘で、いつも独りで原稿用紙に向かっているのですよ。独りですよ。小説を書く以外、何もしない。あなた、そんな生活出来ますか？」

その声はからかうような調子で、笑っていた。私はおとなしそうにひたすら目を伏せたまま、

「出来ますとも」

と心につぶやいていた。

平林さんは四人の中では早く亡くなられた。そのお葬式に参列した多くの女の作家たちも、もはや大方が鬼籍の人である。

茫々《ぼうぼう》の歳月かな。

「時代の風」（『毎日新聞』二〇〇六年十月八日）

新年を迎える

時計が12時を指すと同時に、本堂の扉が開けられ、初詣に来た人びとで境内は埋まる。境内には暖を取るためのかがり火も焚かれ、寂聴さんは人びとを温かく迎え入れ、一人ひとりに声をかける。ある年には、寂聴さん自らが袋詰めしたお年玉も配られた。境内では餅つきが始まり、除夜の鐘の美しい音が響きわたる

除夜の鐘を撞く寂聴さん

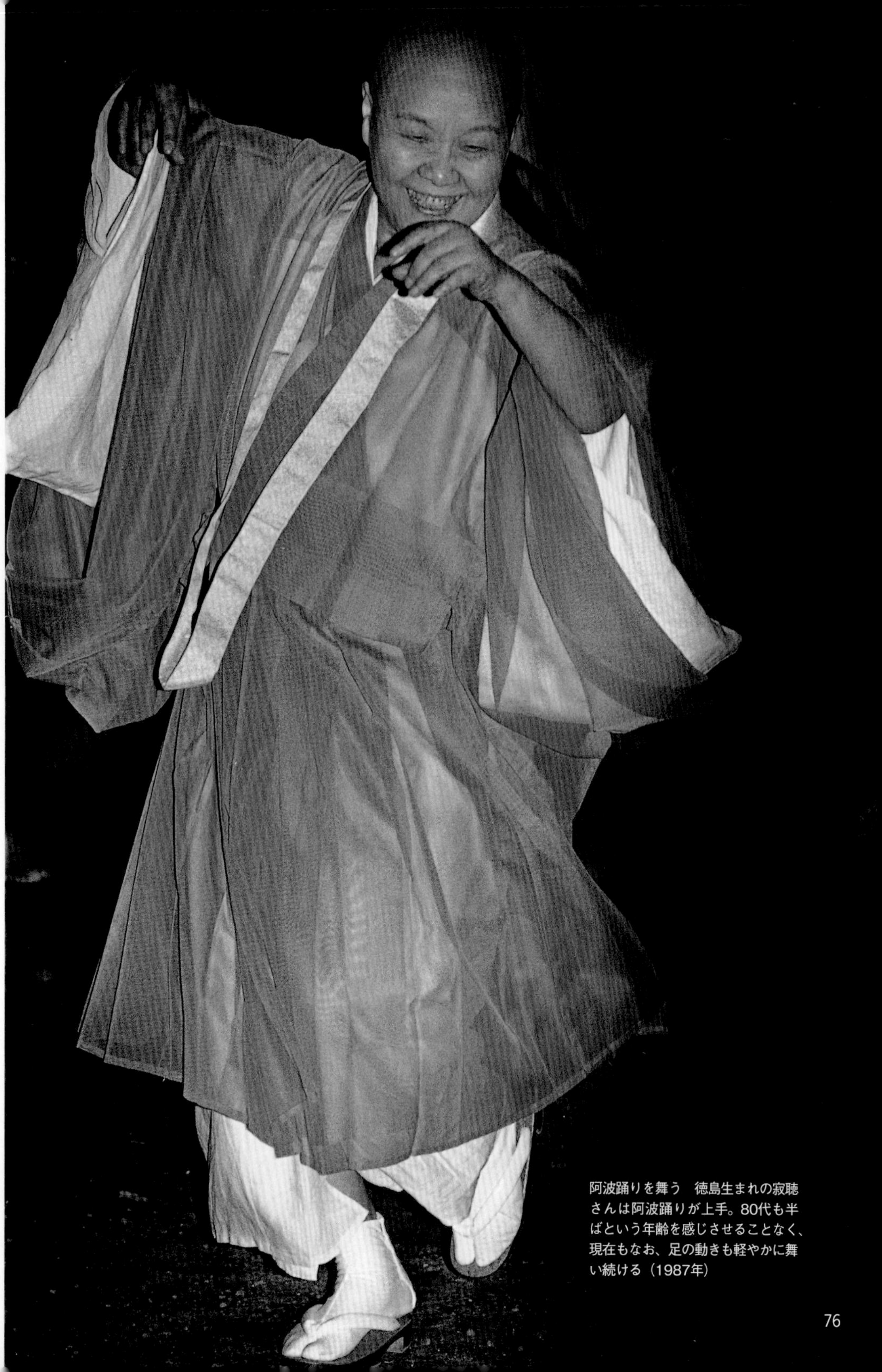

阿波踊りを舞う　徳島生まれの寂聴さんは阿波踊りが上手。80代も半ばという年齢を感じさせることなく、現在もなお、足の動きも軽やかに舞い続ける（1987年）

寂聴アルバム

瀬戸内寂聴は徳島で生を享《う》け、
以後、東京、北京、徳島、京都、東京、
再び京都とその活躍の場を広げてきた。
人が住み慣れた地には霊が宿る。
そのパワーを全身に受けながら、
寂聴さんは小説家として育まれてきた。
寂聴さんが住んできた場所を追いながら
小説家瀬戸内寂聴の足跡を追う。

「南山◉徳島」

南山　寂聴さんの父・瀬戸内豊吉は11歳までこの地に住んでいた

徳島の町のどこからも望める眉山（吉野川から眉山を望む）

1927年（5歳）
姉の艶と

1923年（1歳）
母・コハルと

現在の新町小学校の校庭の片隅にある滑り台（当時の新町尋常小学校）

通称「おむっちゃん」と呼ばれている御睦経王大明神。幼いころの寂聴さんは「勉強ができるようになりますように」とこの祠に手を合わせたという

1932年（10歳）
小学校の学芸会で（右が寂聴さん）

徳島県立高等女学校の正門

1939年（17歳）
徳島高等女学校5年生の時
（左が寂聴さん）

［東京女子大学◉東京都杉並］

東京女子大学の東寮（右）とチャペル。いずれも設計はアントニオ・レーモンド

1942年（20歳）
女子大の寮の前で（木の上の右が寂聴さん）

1941年（19歳）
姉の艶と（左が寂聴さん）

女子大時代　母コハルと

1942年（20歳）
見合い用に撮った写真

［京都油小路］

1948年（26歳）
かつて大翠書院があった京都油小路の建物

女子大時代の友人丸本恭子さん（右）と。丸本さんには、のちに京都で世話になる

三鷹◉東京

1953年（31歳）

往時の雰囲気を残すJR中央線三鷹駅前南口の商店。いまはこれらの建物も姿を消した

自衛官募集
三鷹募集案内所
0422-47-6980
隊友会三鷹支部長 下田宇吉
やきとり
沢の鶴 横堀
TEL43-1963
SUPER "DRY"
この味、辛口。
アサヒスーパードライ
樽生
やきと

太宰治の墓

太宰の墓の斜め右前には、森鷗外のどっしりとした風格の高い墓が建っていた。鷗外の墓の前にというのが、太宰の生前からの願望だったと伝えられている。


京都時代からファンレターを出し文通していた三島由紀夫に、下田の離れから二つの墓のことを書いて送ると、

「太宰は嫌いだから尻を向けて、鷗外先生のお墓に花をまつってください」

と手紙が来たのを思い出した。『禁色』を書いた頃の三島由紀夫であった。(『場所』)

1951年(29歳)
三谷佐和子や三谷晴美のペンネームで少女小説を書いていたころの寂聴さん。少女世界社の前で編集者と一緒に(右から2番目)

三鷹市禅林寺にある太宰治の墓
墓は寂聴さんの住まいのすぐ近くにあった

1951年
「ひまわり」などの
児童雑誌に掲載された作品

西荻窪◉東京

1954年（32歳）

西荻窪北口商店街　この路地を入った先に寂聴さんの住まいはあった。いまはこの商店街も容貌を変えている

1957年（35歳）

小さな路地を入った先、黒い板塀がさえぎるその向こうに見える野方の二階家

1961年（39歳）

練馬の家は、ブロック塀の高さも門柱の形も、黒い鉄柵の門まで、まるで昔のままだった

1961年（39歳）
文藝春秋新社より出版された『田村俊子』で、第一回田村俊子賞を受賞する

野方にいたころ

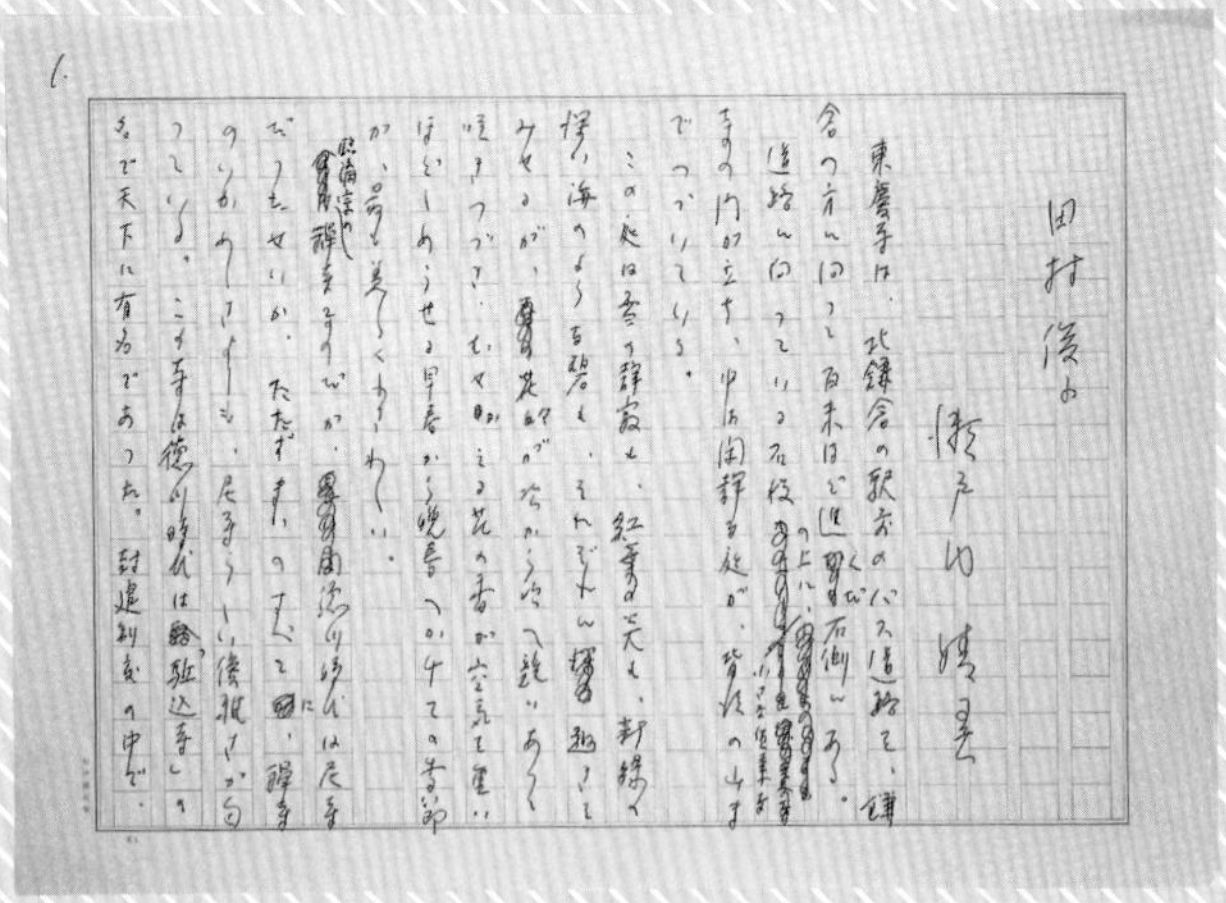

田村俊子
瀬戸内晴美

「田村俊子」の生原稿

野方の部屋で

1963年（41歳）

『夏の終り』で第二回女流文学賞を受賞する

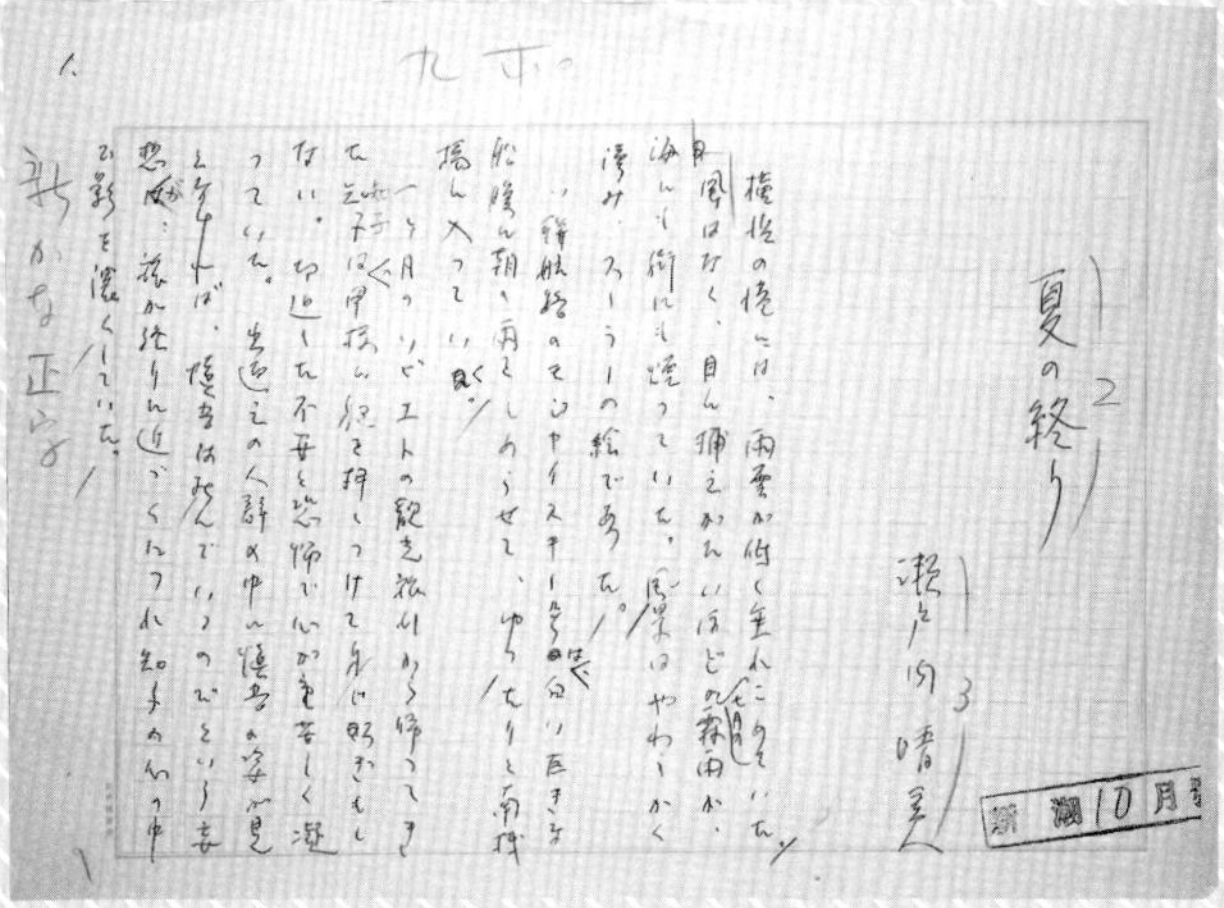

1962年（40歳）

「夏の終り」の生原稿（10月、「新潮」に発表）

女流文学賞副賞の指輪

1962年（40歳）

『かの子撩乱』を書き始めたころの寂聴さん

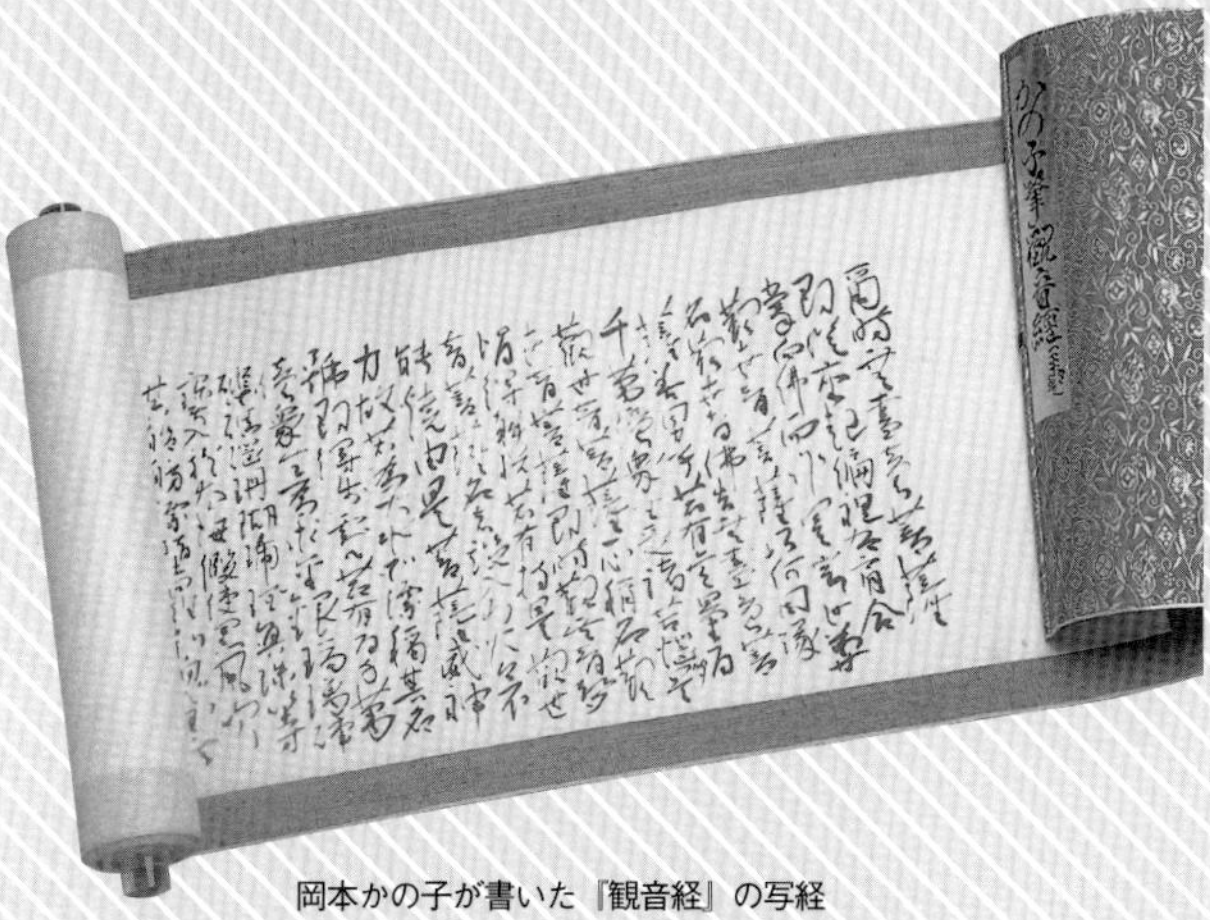

岡本かの子が書いた『観音経』の写経

中野◉東京

1964年(42歳)

窓に6本の鉄棒が縦に嵌めこまれた5坪ほどの空間は、もとは質屋の蔵だった

目白台◉東京

1963年(41歳)

崖の下から見上げた目白台アパート　ここには谷崎潤一郎や『源氏物語』現代語訳を執筆中の円地文子も住んでいた

1965年(43歳)

『かの子撩乱』を書き終えたころ

目白台の部屋にて

同じ目白台アパートに住んでいた円地文子さんと

質屋の蔵の室内にて

『夏の終り』のテレビ化に際し、出演する下條正巳さん、渡辺美佐子さんを両脇に談笑する

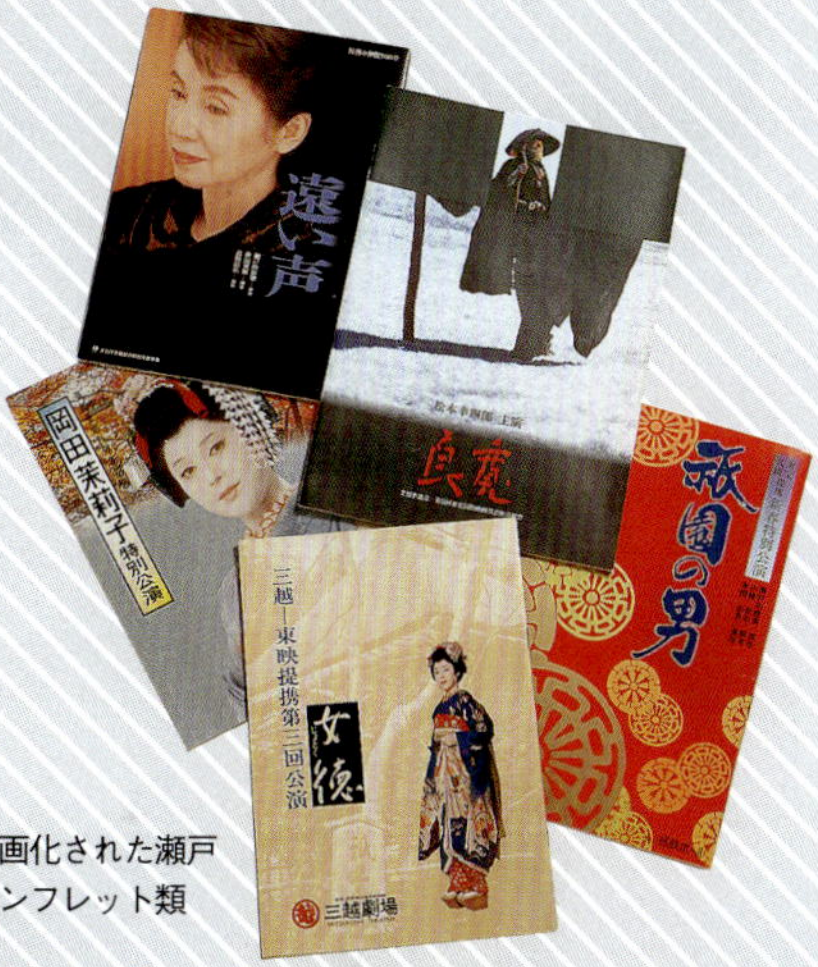

舞台化、映画化された瀬戸内作品のパンフレット類

1964年ごろ

1964年（42歳）

さまざまな職人の姿をまとめた『一筋の道』のために、花火師の高杉一美氏を取材する

#［京都お池の家］

1966年（44歳）
『女徳』のモデル、中島六兵衛に紹介してもらった京都市中京区のお池の家（幽霊のいる家）

幽霊が出るとうわさされた家の玄関前で

1968年（46歳）
祇園の舞妓、峯子、豆葉と一緒に

1970年（48歳）
箱のような、同じ大きさの無数の窓の続く殺風景な本郷のマンション

「本郷◎東京」

本郷の書斎にて

1973年（51歳）
稲垣足穂から譲り受けた文机と、引出しの裏に書かれた由緒書（上）

1970—71年
地方講演会にご一緒した遠藤周作さんと

1973年（51歳）
得度式を終えた後の記者会見の光景

得度

托鉢をする寂聴さん

1974年ごろ（52歳）
岡本太郎さんと

得度をして早、三十数年。この間、寂聴さんは一時も惜しまず、執筆に、講演に、法話に、天台寺再興に、ボランティアにと精力的に活動を続けてきた

千年のロマンス
—私が『源氏物語』を書いた理由

現代語訳『源氏物語』の全原稿

誇りを失った日本人

私は、ときどきインドに参りまして、お釈迦様がお歩きになられました都市を廻ることにしています。なぜ、そのようなことをしているかと申しますと、私が生きてきた日本で今日ほど嫌な日本はないと思うからです。戦後、おそらく今ほど悪い日本はないでしょう。このままで行くと、日本はそう遠くない将来に滅ぶであろうと、そんな危機感を覚えております。それをどのように防ぐのか、また、どうしてこんな日本になってしまったのか、ということを考えなければならない時だと思います。ですから、インドに参りまして、お釈迦様が生きておられた諸都市を廻ることで、今の時代を考えるうえでのヒントを得たいと思うのです。

毎日、新聞を見ましても青少年の犯罪記事がたくさん載っております。そういう記事がない日はなにか淋しい気がするほどに、連日記事が出ております。しかし、考えてみますと、私たちは戦後の焼け跡のなかで、とにかく家を建てなければならない、なくした着物を作らなくてはならないなどと、目に見えるものを追い続けてまいりました。そのために経済は復興したかもしれませんが、物とお金に執着いたしまして、眼に見えないものに対する怖れ、畏怖というものを失ってしまったと思います。眼に見えないものとはなにか。それは、われわれ人間以上の存在、宇宙の生命というようなものであると私は考えます。その宇宙の生命によってわれわれは動かされている。そういう存在があるからこの世には秩序がある。月と地球はぶつからないし、星座は確実な軌道を持って動いているのだと考えます。

今の子どもは、「俺は生まれたくもなかったのに、お父さんとお母さんが勝手に産んだ」とか、「なぜ、人を殺して悪いのか」などと、バカなことを言います。しかし、この世に生命が産み出されるというのは、単に一対の男女がセックスをして子どもが産まれるというような単純なものではなく、そこには眼に見えない大いなる宇宙の力が働いて、われわれの生命がこの世に送り出されてきているのだと思います。卵子は一つですけれど、精子は数え切れないくらいたくさんある。そのたくさんの中の一つが卵子と巡り合うということは、やはり人間の力ではありません。なにかの計らいによってそういう現象が起こっているわけです。ですから、人間の頭では考えられない不思議な摂理が私たちを動かしていると考えるべきだと思います。

その宇宙の生命のようなものを、キリスト教では神と呼び、仏教では仏と呼んでいるのではないかと思います。その眼に見えないものに対する怖れというものを失ったときから日本は悪くなってきたのだと思います。眼に見えないものというのは、神であり仏であり、そしてまた私たちの心です。心も眼には見えません。しかし、心をきちんとしないかぎりは、私たちの行動はよくならないのです。

もう一つ、日本人は今、誇りを失っております。とくに、青少年の犯罪が次々と起こりますが、青少年が日本に対して誇りを持っておりません。昔は、子どもに物心がつく歳ごろになると周りの大人たちが、「お前さんは大きくなったら何になるの?」というようなことを聞きました。すると尋ねられた子どもは胸をはって、「総理大臣になる」とか、「偉い銀行の頭取になる」とか、「海軍大将になる」とか、「陸軍大将になる」とか、そんなふうに応えたものです。しかし、今の日本では、そういう偉い人たちがみんな手を後ろに廻されるようなことをする人たちばかりです。ですから、子どもたちはそういう人を偉いと思わなくなりました。何に価値があって、何になりたい人間か、ということが子どもたちになくなってしまいました。それも日本が駄目になったことの一つだと思います。

その失った誇りを取り戻すこと。それが、いまいちばん必要なことだと思います。

三人の現代語訳

失った誇りを取り戻すためにはどうすればよいか。それは、千年も昔の日本の文化にどれほど優れたものがあったかを青少年に分かってもらうことです。大人にはもちろん知っていただきたいのですが、これからの日本を背負っていく青少年たちに、そういう優れた日本の文化を知ってもらい、そして、日本の文化に誇りを持ってもらいたい。そのためには『源氏物語』を分かりやすく書いて、小学校の上級から読んでもらいたい。そう思いまして『源氏物語』の訳を作ったわけです。

みなさんにはご存知のように『源氏物語』は、和歌の天才である與謝野晶子さんによって最初に訳されております。その後には、日本の大文豪・谷崎潤一郎さんが訳されております。さらにまた、女の大文豪である円地文子さんがこれをまた訳されております。ですから、すでに三つの天才文豪の訳がございます。それなのになぜ、私ごときが挑戦して訳さなければならないかということになります。円地さんが『源氏物語』を訳されたのが、ちょうど私が出家するときに当たりますので、昭和四八年です。私は昭和四八年の秋に出家いたしましたので、忘れられません。その円地さんが『源氏物語』を訳しておられた仕事場に私もまた仕事場を持っておりまして、円地さんが仕事をなさっている産みの苦しみを間近で見ております。円地さんは、その仕事をなさっていて片方の眼を網膜剝離で悪くなさり、さらにもう片方の眼も網膜剝離で悪くなさり、まさに満身創痍という状態で完訳を成し遂げられました。そういうことを見ておりますから、『源氏物語』というのはとても恐ろしく、手を触れてはいけないものと分かっております。

ところが、出家いたしまして『源氏物語』を改めて読み直しますと、思いもかけないことが分かってきました。

なぜ出家したのかを書きたい

出家するまでは『源氏物語』をただ普通に読んでいたのです。光源氏というたいへん素晴らしい男の主人公がいて、その彼がどんどん大きくなり、さまざまな女とラブ・アフェアを起こす。そのことを書いた小説だというふうに読んでおりました。ところが、改めて読み直し、光源氏と交渉をもった女たちの七割ぐらいが出家しているということに気がつきました。私自身が中尊寺で出家していたものですから、出家ということを身近に感じられるようになっていたということです。それで、どうして女君たちが次から次へと出家していくのか、ここに大きな問題があるのではなかろうかと気がつきました。あらゆる過去の注釈書、三人の大先輩の著書ももちろん拝見しましたけれども、

講演や執筆の合間には、しばし沈思
黙考する姿も見受けられる

その点についてはどなたも触れていらっしゃいません。そして、なぜ女君たちが源氏に愛されているにもかかわらず出家していくのかについては語られておりません。それで私ははじめて、私が『源氏物語』を訳させていただいてもよろしいのではないか、許されるのではないか、という自信を得たわけでございます。つまり三人は、仏教も研究なさっておられますし、さまざまな文献もお読みになっておられますけれども、しかし、三人とも在家で、剃髪をしておられません。私は少なくとも剃髪をしたということで、『源氏物語』の出家について考える権利があるというふうに思ったわけでございます。そして、『源氏物語』を訳すキー・ワードを渡されたと感じました。それで、私は臆面もなく『源氏物語』を訳すという決心をしたわけでございます。そして、その訳をしてみて改めて『源氏物語』の素晴らしさ、偉大さに、心から全身全霊で驚き、尊敬し、紫式部という作者に対しまして、驚嘆の念とともに畏怖の念を感じました。

私は『源氏物語』の訳に、準備を含めて足掛け十年ぐらいの時間をかけております。実際に訳しはじめてからは五年です。しかし、この間、非常に幸せで幸福な思いをさせていただきました。苦しいということももちろんありましたが、『源氏物語』を訳させていただいているということが非常に嬉しく、楽しい時間でした。また、『源氏物語』は世界に誇る日本の文化遺産としてこれに過ぎるものはないと思います。

文化遺産としての『源氏物語』

「ただ一つ、日本の文化遺産を挙げよ」と言われれば、建物とか庭とかもありますが、私は『源氏物語』だと思います。立派な建物や美しい仏像がありましても、地震が起こり、火災が起こり、あるいは戦災が起きると、それらは跡形もなくなってしまいます。しかし、『源氏物語』は小説であるために完全になくなるということはありません。活字の形にしろ、電子本の形にしろ、どういう形ででも永遠に残るものです。こんな力強い文化遺産はないと思います。

東京・日比谷のプレスセンターで講演する寂聴さん

その自信を持って『源氏物語』を訳したのですが、そのもっと奥深いところに私がたびたびインドを旅行していたときに経験した一つのことがあります。先ほど、すでに十回ほどインドを旅したと申しましたが、『源氏物語』を書いている十年間はインドには行っておりません。それは、『源氏物語』を書くまでは死ねないと思ったからです。インドというところは水も食べ物も危険なところですから、もしもインドで病気になったら助からないと思ったのです。

しかし、それ以前は、出家してから毎年のように行っていました。ある時、田舎町を私たちのグループが歩いておりました。すると道の傍らに小学校がありました。小学校といいましてもインドのことですから、レンガを積み上げたような非常に粗末な小学校です。中はおそらく暗いのでしょう。そのためか通りからすぐに見える木の下に生徒たちを集め、先生が青空教室をしているのです。木に黒板をぶら下げて、授業をしていました。その光景は、まるでお釈迦様の説法のように快く映りました。そこで私たちは塀越しに中を覗きました。すると、先生も生徒も珍しい人たちが来たというので、向こう側からも塀によじ登ってこちらを眺めるという和やかな雰囲気になりました。そこで私たちは中に入れていただいて、「いま、どういう授業をしているか」「授業を参観させて欲しい」と申し出ました。そこで先生は再び木の下に生徒を集めて授業を再開しました。木の下の黒板には、なにか字が書かれています。その文字を小学三年生くらいの子どもが読みます。そこにはなにが書かれているかというと、タゴールの詩でした。タゴールというのはインドが世界に誇る大詩人です。その大詩人の詩を先生が黒板に書き、それを小学三年生ぐらいの子が読んでいる。いわゆる口移しにそれを教わり勉強しているのです。おそらく子どもにはその詩の意味は分からないと思います。しかし、インドが世界に誇る詩人タゴールの詩を小さいときから頭に叩き込んでいる。これが本当に文化を伝承している姿だと思いました。

こういう光景が私の頭に強く残っておりましたので、私は日本が世界に誇る『源氏物語』を、インドのタゴールに匹敵する文化遺産を子どもの頃から読ませたいと思ったわけです。それが『源氏物語』を訳す原点になっていましたが、おかげさまで訳が仕上がりました。

教科書が『源氏物語』をつまらなくした

そんなある日、日本に来ている外国人の方々から『源氏物語』についてしゃべれ、という依頼をいただきましてお話をしたことがあります。その話のあとで、外国の記者たちが次から次へと立って質問なさいます。その質問で私がビックリしたことは、みなさん『源氏物語』をよく読んで理解していらっしゃるということです。

そして、ある人が言うには、

「われわれは、日本に派遣されるときに、上司から『源氏物語』を読んで行けと命令が出る。そして、『源氏物語』を読まないと日本の文化が分からないし、日本人のものの考え方が分からない。さらに日本人の情緒も分からない。だからまず、『源氏物語』を一生懸命に読んでそれから行けと言われてきた。だいたいの人はアーサー・ウェイリーの英訳を読んできた。それで日本に来て、日本で『源氏物語』の話をしようとすると、日本人はインテリもジャーナリストも、だれも『源氏物語』を読んでいない。それで、チンプンカンプンで会話にならないが、これはいったいどうしたことか」と。

私は、非常に恥ずかしい思いをいたしました。

みなさんもそうだと思いますが、大学を出ていてもきちんと

京都・寂庵の書斎

『源氏物語』を読んだ方はまずいらっしゃらないですね。しかし、私は応えなければならなかったので、「それはテキストが悪かったからだ」といって逃げたわけです。それと彼らの質問が、非常に的を射た、高度な質問であることにも驚きました。ですから、日本人が外国に行くときにも、その国の代表的な文学作品の一つや二つは読んでから行くようにしないと恥ずかしいと思ったわけです。

いま、テキストが悪いと申しましたが、それはみなさんが学校で教わった教科書が悪いという意味です。『源氏物語』は、千年前の王朝（天皇家と内裏、後宮）で起こった恋愛事件を主題として書いてあるわけです。近代になって、

寂聴さんが描いた源氏物語貝合せ

天皇家に対する扱いは、新聞でも、教育の場でも非常に制限されてきました。天皇が載っている新聞を踏んではいけないとか、御真影を拝まなくてはいけないとか、厳しい制限のなかで育ってきました。まして、『源氏物語』は天皇家の不倫を扱った物語です。そんな不倫の問題を教科書に載せるわけにはいかないのです。しかし、正直言って『源氏物語』で面白いところはそういう不倫の箇所です。

元来、小説というものは寝転がって、お菓子でも食べながら、面白がって読むものです。面白くない小説は駄目だと私は思います。『源氏物語』は非常に面白い小説です。どこが面白いかといいますと、全巻、どこを開いても光源氏や天皇を含めた貴族たちの恋愛物語を書いたものであり、しかもそのほとんどが不倫の恋愛を描いたものだからです。こんな面白い物語はありません。

しかし、その面白い恋愛の箇所を教科書に載せることはできません。それで、五四帖もある『源氏物語』の、長い恋愛小説のなかのいちばん面白くもない箇所、よくぞこんなつまらない箇所を見つけたものだ、と思えるようなところばかりを集めて教科書に載せるわけです。「いずれの御時にか……」なんてちっとも面白くない。だれがなにをしているのかも分からない、つまらないところです。ですから、教える先生の方にもあまり熱が入らないのではないでしょうか。私の記憶によりましても『源氏物語』は面白くない。むしろ同時代に書かれた清少納言の『枕草子』のほうが、文章がてきぱきとしており、近代的な書かれ方をしているので、千年経ったいま読んでも非常に分かりやすくて面白い。また、内容的にも差し障りがないので教科

書としてもふさわしいということで、全体を読むことができた。

子どもにも読めるように工夫

それともう一つは、『源氏物語』の文章のセンテンスが非常に長いということです。しかも、主語がない。ですから、いつ、だれが、なにをした、という文章の基本である主語がないわけです。男と女が寝ているのか、男と男が寝ているのかが分からないことがよくある。主語がない上に、牛のよだれのようにダラダラと長い文章が続いているわけです。糸でも毛糸でも長いとこんがらがって縺《もつ》れてしまいますね。文章でも長いと頭がこんがらかってなにが書いてあるのか分からなくなってしまう。

そこで私は考えまして、まず、うるさいくらい主語を入れました。だれがしゃべっているのか、だれがなにをしているのか、を分かりやすくしました。次に、長い文章に鋏を入れて、短くし、分かりやすくしました。しかし、訳ですから自分の意見や自分の文章は決して入れていません。紫式部が書いた原文の通り、ひたすら分かりやすく書いたのです。しかし、分かりやすくといいましても、高貴な文章ですから原文が持っている高貴さを失ってはなんにもなりません。原文の高貴な匂いをプンプン残して、小学六年生くらい、十二、三歳の子どもにも読めるようにと工夫しました。大先輩の與謝野さん、谷崎さん、円地さんの訳はそれぞれ名訳で、それぞれの特徴があります。それらに劣ることなく自分の特徴を出すために、私は高貴さと分かりやすさに注意して書きました。

また、『源氏物語』には、昔の物語がそうであるようにたくさんの和歌が出てきます。和歌の扱いに私も苦心しました。與謝野さんは自分が歌の天才ですから、三人のなかではいちばん和歌が分かる人です。ですから、與謝野訳から入ると和歌が分かるかというと、與謝野さんの『源氏物語』には和歌の訳が一つもないのです。與謝野さんにしてみると、『源氏物語』に出てくる和歌は全部分かってしまいますから、わざわざ訳す必要もありませんし、これくらいは日本人なのだから分かるでしょ、くらいに考えているところがあるのですね。しかし、われわれには分からない、天才ではありませんから。

谷崎さんは元来が大学で国文学を専攻なさった方ですから、古典には堪能です。ですから全文に忠実に訳をしてらっしゃいます。まさに訳というよりも原文の通りです。あれでは訳とは

『紫式部日記絵巻』の表紙

いえないのではないかと思えるほどに忠実なのです。ですから、原文にない主語はお入れにならないのです。ですから、原文にない主語はそのままですし、全体の長さも原文に合わせるという工夫をなさっているので、長い文章もそのままで、読んでいて眠くなってくるわけです。これが欠点です。しかし、文章は素晴らしい。

　円地さんは、真からの小説家ですから、『源氏物語』を訳しているうちに乗ってしまって、「私ならこう書くわ」ということになり、違うことを書いちゃっている。いちばん違うことは、『源氏物語』にはセックス場面がありません。大恋愛小説なのにもかかわらずセックス場面が一つもないのです。私たちがもっとも読みたいところがないのです。そこを円地さんは、つい筆に任せて書いてしまう。円地さんの訳を読んでいて、「こんなところあったかしら?」と思って、原文を見るとない。そういうことがしばしばあるわけです。私は、それはしませんでした。本当はしたかったのですが……。

　しかし、『源氏物語』はセックス場面を書かないがゆえに、非常にエロティックなのです。いまの週刊誌に、若い女の子のスッポンポンの写真が出てますでしょ。あそこまでスッポンポンだとエロティックでもなんでもありません。小説でも、あまり事細かにセックス場面を描写されるとかえって興醒めするものです。足がどっち向いて、お尻がどっち向いて、手がどこに触った、などということは、みなさんよく知っていることなのですから、わざわざ書いてくれなくてもいいことですよね。紫式部の偉いところはそこを一切書いていないということです。しかし、書いていないから読むほうは想像いたします。そのことによって非常にエロティックになります。

後宮の仕組み

光源氏は、天皇と桐壺の更衣という人との間にできた子です。光源氏は生まれたときから輝くように美しかったとあります。光のように美しいから、みんなが光の君と渾名をつけたといいます。そして、その子は生まれながらにしてあらゆる才能に恵まれていたというのです。学問をさせてもできる。音楽も剣術も馬術もあらゆることができる。しかも、絶世の美男子、という設定です。彼の溢れるような才能のなかでも最高の才能が女誑《たら》しという才能です。その彼が女誑しという才能を駆使して次から次へと女を引っ掛けていくという話、これが平たくいえば『源氏物語』なのです。

　その彼がいちばん最初に恋をしたのが、自分のお父さんのお后《きさき》です。つまり、自分にとっては継母の、藤壺に恋をして、いつの間にかそういう関係になっている。これが次の章のはじまりです。

　天皇はたくさんの皇女に恋をしましたが、いちばん愛したのが源氏の母にあたる桐壺の更衣という人でした。後宮というのは、先にも言いましたように天皇のハーレムです。これは中国の制度を日本が真似をしたものです。中国の天子には、こうした後宮がございました。中国には「後宮三千」という言葉があります。これは天子の後宮には三千のお后がいたということです。三千人のお后に一人の天子ですよ。天子が一人ひとりのお后を廻って行くのに何十年かかりますか。いくらバイアグラを

源氏物語の注釈書である北村季吟著の『湖月抄』

飲んだとて無理なことですね。中国は表現が大げさですから、三千人は嘘としても、三百人ぐらいはいたかもしれません。三百人にしても、死ぬまでに天子のお顔を見られなかったというお后もいたぐらいです。

日本は、すべて中国の真似をしましたので、やはり、後宮に大勢のお后をおきました。歴史的事実といたしましては三十数人いた時代もあります。

ですから、『源氏物語』では、たくさんの後宮がいた時代という書き出しからはじまっています。天皇がたくさんの子孫を残すためにお后たちをおくわけですが、清涼院の後ろのほうにその人たちのための部屋が与えられます。それを局《つぼね》と申します。その部屋はそのお父さんの位《くらい》によって決まるわけです。お后のお父さんの位が高い人ほど、天皇の寝所に近いところに部屋をもらえます。したがって、位の低いお父さんを持ったお后ほど、部屋は天皇の寝所から遠いところになっていくわけです。

どのようにして毎晩の夜伽《よとぎ》の相手を決めるかと申しますと、天皇が「今夜はあれ」「今夜はこれ」という具合に、ご指名なさるわけです。ちょうどみなさんがキャバレーで女性を指名なさるように。ご指名という言葉はここからはじまっているわけです。それで、ご指名を受けたお后は長い髪を梳《す》き、正装をして寝所に行くわけです。しかし、彼女一人が寝所に行くのではなく、その后に仕えている女房《にょうぼう》という、女官《にょかん》たちも十二単《じゅうにひとえ》の第一正装をし、着飾ってお后に従い行列を作って天皇の寝所に行くのです。

廊下で右往左往する桐壺の更衣

この桐壺の更衣も最初は、お后の着せ替えをする女官だったのです。しかし、お后に付いているわけですから、ときどきはその女官にも、平たく言えば、天皇の手がつくことがあるわけです。それが何度も続いたので、そのうちに桐壺という天皇の名前が付いてしまったわけです。そもそも更衣という女官は、お父さんの地位が低いわけです。大臣ではなく、大納言とか中納言になります。したがって、いただいた部屋も天皇の寝所からは最も遠い、端っこのところです。しかし、なぜか天皇が桐壺の更衣を好きになって、毎晩毎晩、その更衣をご指名なさる。その度に、桐壺の更衣は正装して寝所に行くことになります。そして、いちばん端の部屋から今夜も茶を碾《ひ》かされた多くのお

江戸時代に写されたと思われる
『源氏物語』写本

后の部屋の前を通って行かなければならないわけです。それぞれの部屋には御簾《みす》が掛かっていて、その奥から嫉妬《しっと》の眼差しでじーっと見ている。そして、「今夜も、桐壺よ」「また、桐壺よ」という声が聞こえてくる。さすがにお后は品がいいのでそんなことは言いませんが、お付きの女房たちが面白くないので言うわけです。「どうしてこんな品のいいうちのお后ではなく、あんな身分の卑しい桐壺の更衣のような女が毎晩呼ばれるのか」などと怒り狂うわけです。

そこで彼女たちが相談して、悔しいからいじめてやりましょうということで、桐壺の更衣が通う長い廊下に汚いものを撒き散らすわけです。汚いものとはなにかといいますと、当時の後宮にはトイレがなかったのです。それでオマルで用を足していました。木製の黒漆の容器に金蒔絵《きんまきえ》を施したものです。現在なら、ちょっとそこらに置いておいてお菓子でも入れて出したくなるような容器です。しかし、オマルに入る中身はわれわれと同じものです。それを十二単の下にそっと隠して各部屋の廊下に並べるわけです。桐壺はそんなことは知りませんから、また、今夜も寝所へと正装した十二単の長い裾《すそ》を引き摺りながら行列をなして進んで行く。その結果、廊下に並べられた汚いものを十二単の裾で全部きれいにさらって行くことになります。ですから、天皇の寝所に着いた頃には、着ているものが臭くてたまらない。とても寝所に入ることはできませんから、そこからすごすごと自分の部屋に引き返すことになるわけです。

『源氏物語』を書き終えるまでに何本の万年筆を書き潰したことか

また、どうしても通らなければならない長い廊下の先にある扉を閉めてしまう。さらに行列が通ったあとで、後ろの扉も閉めてしまう。こうされると桐壺の更衣は前にも後にも行くことができない。こういう単純ないじめが行なわれていたわけです。いまの日本でいじめが問題になっていますが、こういういじめは平安朝の昔からあったわけです。それで更衣が身体を壊し、郷里に帰ってしまうというのが話の発端なのです。

母への憧れの目で藤壺を見る

しかし、桐壺の更衣は天皇との間に愛の結晶である光源氏を産みおいた。亡くなった時、光源氏は三歳でした。三歳といいましても当時は数え歳ですから、いまでいう満二歳です。二歳ではまだお母さんの顔は覚えていませんよね。ですから、光源氏はお母さんの顔を覚えていない。さらに、光源氏を育てた里のおばあさんも死んでしまった。それで天皇がかわいそうに思って、光源氏を宮中に呼び寄せて、自分の手許で育てたということになっております。これは小説ですからそういうことができるのですが、実際の宮中では、絶対にないことです。天皇の子であろうとも、宮中で育てるということは歴史にはございません。しかも、お后がいないこともあって、天皇は光の君がかわいくてしようがない。それでその子を連れていろいろなお后のところへ行って、「この子の親をいじめたのだから、せめてこの子はかわいがってやってください」などと言うのですね。

しかし、天皇はあまりに桐壺の更衣を愛しておりましたので、更衣亡き後は、精力もなく、政治をする気力もなくなってしまった。なにもできなくなって腑抜《ふぬ》けになってしまいます。今でも、ご主人に死なれた奥さんはだんだん元気になって若返っていきますが、奥さんに死なれたご主人というのは本当にみすぼらしくなってしまうものです。そのいちばんいい例が、この天皇なのです。しかし、それでは困る、と家臣は心配いたしまして、なくなった桐壺の更衣とそっくりの人を探すことにします。それはすると意外にも、近いところにそういう人がいました。それは先帝の皇女（娘）でした。十五歳で、非常に美しく、亡くなった桐壺の更衣とそっくりのお姫さんでした。それで、そのお姫さんを拝み倒して宮中に入れ、天皇のお后の一人にするわけです。その人は、お父さんが天皇ですから、いちばん寝所から近いところに部屋をいただきます。これが藤壺で、藤壺の女御《にょうご》ということになります。

この藤壺を得ることによって、天皇は精力を取り戻して若返り、政治にも関わるようになったわけです。

一方、光源氏は天皇の膝下《しっか》で育っているわけですから、周りの女房たちは「あの方が、あなたのお母様にそっくりな藤壺のお后ですよ」と教えます。ですから、光源氏は小さい時から、あの美しい方が自分の母にそっくりのお后なのかと、憧れの気持ちで見ています。つまり母恋の気持ちで藤壺を見ているわけです。そのうちに、天性の色好みの才も合わさり、いつしか藤壺に恋をするようになります。

これが光源氏の最初の恋です。初恋の方が、たまたま自分の義理の母親だったわけです。

そして、光源氏は十二歳で元服をいたしまして、その夜、左大臣の娘と結婚いたします。これが葵の君です。しかし、その時に光源氏は、自分はこの人と結婚したかったのではない。自分はあの方と一緒に暮らしたかったということを考え、知らされた、とあります。ここが紫式部の心憎くも上手いところです。つまり、十二歳で元服して、結婚することによってはじめて自分は、藤壺のことをそう思った、自分の恋の正体をはっきりと認識した、ということになります。

そして次にページをめくりますと、もう源氏は問題の十七歳になっているわけです。十七歳というのはいまでも問題になる年齢ですね。その時にはもう一角《ひとかど》のラブハンターになっていて、自分の通い所が方々にある。通い所というのは、自分の恋人でさんのところです。後宮のお后であっても、毎晩通って行く相手の所のことです。後宮のお后であっても、毎晩呼ばれて、そこで夜伽をして、朝になると自分の部屋に帰っていかなければならないわけです。しかし、桐壺の更衣の時には、天皇が愛し続けたため、朝になっても居続けさせたこと

現代語訳『源氏物語』全10巻

があります。そうすると喧々囂々《けんけんごうごう》と大騒ぎになります。それは、夜行くのはかまわないけれど、朝はいったん局に帰りなさい、そして、翌日の晩にまた行きなさい、ということです。それが当時としてのエチケットでした。それで、一般的には、男が女の許《もと》に通って行くのです。

　当時は一夫多妻ですから、男は自分の家にいて、毎晩自分の気に入った女の所に通って行くわけです。だから、もし奥さんが七人いるとすると、毎晩違った奥さんの所に行くことになります。そして、妻は男が来るのをじーっと待っていなくてはならないわけです。そのうちに男には、好き嫌いができてきますから、一人の女の所に二日通うにようになる。すると、一人の所には行けなくなる。来てくれない女はそれでもじーっと待つしかない。来てくれるまで待つしかないわけです。だから、夫が訪ねて来なくなるということは結婚がだめになる、離婚したということを意味するわけです。ですから、この人とは離婚しますよ、などとは言う必要がなく、ただ訪ねて行かなければいいわけです。訪ねて来なくなることを「夜離れ《よがれ》」と言います。

　そして、夫の夜離れが続いている間に、別の男が通ってくるのは構わないのです。しかし、元の夫のほうが、「しばらく、ご無沙汰をしているな」と元の女の所に行ってみると、別の車が来ている。そこで、「俺の女を横取りしたな」などと言うのは、野暮の骨頂と言われます。そんなときには「お楽しみ……」などと歌を詠んで置いて行く。これが男の嗜《たしな》みでした。こう見てくると、上手くできているものだと思います。男が来なくなったからといって、じーっと死ぬまで待っている必要はないわけです。別に男を作ればいいことです。そういうシステムがあったのです。

□別嬪の文化

　そしてさらに、女房の里のほうがお婿さんの経済的な負担を全部しなければならない。お婿さんが宮中にいますと、春夏秋冬の着物が必要になります。それは奥さんのお父さんが作ってやらなければならない。盆暮れの挨拶や時に応じて付け届けも必要になります。それらも全部面倒を見るわけです。それは大変なことです。まして、娘が三人もいたらお父さんは大変なことになります。にもかかわらず、いい男を自分の娘のお婿さんにするということが結婚でいちばん大切なことです。

　したがって、高級貴族の場合には、娘が産まれると家の奥に隠し育て、十二歳ぐらいで思春期を迎える頃になると、無理やりにでも後宮に入れるのです。

　そして、自分の娘があわよくば天皇に愛されて子どもを作り、しかもその子が皇子であることを祈るわけです。皇子であればその子が皇太子（東宮）になる可能性があるわけです。自分の孫が皇太子になればやがて天皇になる。そうすると、自分は天皇の外戚として大いなる政治的権力を掌握することができます。ですから高級貴族は、自分に娘が産まれることを望むわけです。娘が産まれたら、躾《しつけ》や勉強をさせて、後宮に送り込むための素養を身に付けさせ、そして、送り込んだ後は、部屋のインテリアを飾り立てたりして、天皇の心を引きつけるようにする。あるいは自分の娘の器量がよくない時には、美しくて器量がよく、才能のある女房を自分の娘に付けて後宮に送り込み、自分の娘には手が付かなくてもその女房に手が付くように手配する。万が一、自分の娘の女房に手が付いて、男の子が産まれでもしようものなら、すぐにその女房を自分の養子にし、やがて子どもを天皇にさせる。そういうシステムがありました。こういうことを頭に入れて『源氏物語』を読んでいただければ、非常によく分かると思います。

光源氏は、身分が高いのですが、お母さんがいじめ殺されたため後ろ盾がありません。後ろ盾がないということは、非常に苦労するということです。また、本来なら皇子は宮家を作らなければならないのですが、宮家を守っていく後ろ盾が必要です。強力な地位を持って、経済力のある親戚がいないと、その宮家もうまくいきません。それで天皇が心配しまして、占い師に相談します。占い師は宮家にしないほうがいいといいます。それで宮家にはしないで、臣下に下すわけです。臣下に下すためには苗字が必要になります。それで、天皇が与えた苗字が「源氏」なのです。同じようにできた苗字に「平氏」があります。源氏も平氏も皇子が臣下に下ったときに与えられた苗字なのです。

源氏という苗字をもらった、光の君だから「光源氏」。これが『源氏物語』の主人公です。

こうして育てられた光源氏ですから、犯されても、「光源氏だったら、まあ、いいわ」となるわけです。ちゃんとそういうことが書いてあります。ですから、廊下で女と出会ってもその場で女を押し倒してやってしまう。夜は夜這いに行く。自分の家来が単身赴任で家を留守にしている間に若い女房を犯してしまうとか、二度目に同じ若い女房のところに夜這いに行って別の女を犯してしまうとか、もう手当たり次第なのです。そんなときにでも源氏は決して間違ったなどとは言わない。「前からあなたのことが好きで、だからこの家にしょっちゅう来てたんですよ。やっと、思いがかなったね」などと言うのです。関西ではこういうのを「口別嬪《くちべっぴん》」と言います。そして、それが女誑しの由縁です。口下手の日本人には珍しい口別嬪です。日本の男は、「言わなくても分かるだろう」、などと言って口説かない。女というのは、やはり言葉で口説いてもらいたいものなのです。「あなたは美しい」とか、「若い」とか、「夜も寝られないほど思っている」とか、言って欲しいものなのです。しかし、日本の男たちはそういうことを言いませんね。それが日本の文化の貧しいところです。やはり、これからは女に対しては心にもない嘘をついて褒めてあげてください。やがて、これが文化になります。

書いていないから想像力を掻きたてる

源氏は自分のお父さんの奥さんに恋をした。そして、十七歳の時には、すでにその奥さんとそういう関係になっていた。しかし、そういう場面は書いてない。瀬戸内晴美時代の私でしたら、そういうことを事細かに書くのですが、なにも書いていない。そして、ある時、ああいうことがあった。ああいうことがあってはならないと思っていたのに、またあった、と源氏の感想としての一行があるのです。この一行があることで、われわれは、ああそうなのか、二人はすでにそういう関係だったのかと分かるわけです。十七歳の時の反省ですから、その前の十六歳の時かもしれませんが、源氏はお父さんの奥さんを犯しているわけですね。

なぜそういうことができたのでしょうか。普通、後宮では、お姫さんが夜伽をしているときにも、女房たちが傍《そば》に侍《はべ》っていて、なにをしているかということを逐一見ているわけです。ですから、だれとだれがどういうことをしているか、ということは女房が全部おさえているわけです。そこで源氏は、女房のなかでもいちばん偉い女房頭に賄賂を渡して、自分のいうことを聞かせるわけです。そして、自分がその寝所に入れるように手配してもらう。もっとすごい場合には、自分がその女房に手を付けてしまう。自分の女にしてしまうと、その女は捨てられるのが嫌ですから、仕方なしにそのお姫さんを部屋に連れて行く。こういうことですから、お姫さんは自分の身を自分では守れない。

いくらシッカリものの女房がいても、賄賂をもらった女房頭が来て、「今日は、今度着る着物を縫っていなさい。今晩は私が代わりにお姫さんに付いていってあげるから」と言われるとそれに逆らうことができない。それで女房が一人お姫さんに付き従っていく。他にはだれもいない。そこに賄賂を渡した男が忍んでくる。お姫さんが違うと感じて、男を拒み、泣いても、喚いてもだれも出てこない。だれも出てこないように他の女房たちはされているわけです。それでレイプされてしまうわけです。『源氏物語』は全編こういうふうに、男の強姦、強姦の話なのです。

NHKで話をするときに、『『源氏物語』は強姦ばかりのお話なんです」と言うと、「瀬戸内さん、それはいけません。強姦とは言わないで下さい」と言う。それで「なんと言ったらいいですか」と言うと、「レイプと言ってください」。それでやたらレイプという言葉を使うようになりました。そうしましたら、アメリカの方から連絡を入れてくれた人がいましてね。「瀬戸内さんは、やたらレイプ、レイプと言いますが、アメリカではレイプと言ったら大変です。もっと違う表現にしてください」と言われる始末です。難しいですね、こういう表現は。

とにかくそういう話が書かれています。義理の母とそういうことをしてはいけないと分かっていても、源氏は若さに任せて迫っていくのです。藤壺は断りきれない。それで、藤壺はときどき里に帰って休養します。その里へ源氏がまた押しかける。王命婦《おうみようぶ》という女官頭に賄賂をやって、また行く。そのようなことがあまりに続いたために藤壺は熱を出してしまいます。藤壺が寝ていたら、またそこに源氏がやってくる。それで藤壺は、十二単などを着ていると重くて素早く動けませんから、着ているものを脱いで逃げる。下着一枚になって逃げようとするが逃げられない。それは長い髪の毛を源氏がぎゅっと握っているからです。それで藤壺はなんと思ったかというと、「ああ、これも前世からの因縁だ」と観念して逃げるのを止める。当時は、男に迫られて逃げられなくなったときにも、男に逃げられたときにも、なにかあるとすぐに「これも前世からの因縁だ」という言葉を使う。非常に便利な言葉ですね。

それで、藤壺は「これも前世からの因縁だ、と屈服した」とこれだけが書いてある。他にはなにも書いていないのです。しかし、読む方にすると、そこには、下着一枚で逃げている藤壺がいます。そして、その藤壺の長い髪を引っ張っている源氏がいます。すると藤壺の身体は弓なりに反っている場面が思い浮かぶ。藤壺が着ている一枚の下着が脱がされる場面が浮かぶ。そして、はだけた胸から形のいいおっぱいが顔を見せている場面が思い浮かぶ。それはとてもエロティックな光景です。そういうふうにして小説は読むものなのです。そして、紫式部はその辺りを心得ているのです。だからその人の経験によって、「あぁ、そうか、そうか」と思うわけです。それをそそるのが、紫式部の上手いところです。ですからあまり詳しく書かない方がいい。

その次が大変です。そこに見舞い客が来ます。すると、王命婦はあわてて藤壺をベッドから引っ張り出して、塗り込めに入れてしまいます。塗り込めというのは、三方が壁の押し入れみたいなところです。そこまではいい。次に、「王命婦は、そこらに散らかっている源氏が着ていたものをかき集めて中に入れた」という文章があります。ということは、源氏はベッドのなかではスッポンポンだったということですね。そういうきわどいことがすっと書いてある。そんなことが品よくあっさりと書いてあるので、うっかりすると気がつかないのです。私の訳では、そこがよく分かるように書いてあります。

ですから、経験のない子どもはいくら読んでも分からないのですが、あなたたちのように豊かな経験がある人は、さまざまな想像を逞しくしながら、楽しく読める。そういうのが『源氏物語』です。これを外国人が読んで、びっくり仰天したのはよく分かりますね。

紫式部が『源氏物語』を書いたのは、シェイクスピアなんかよりもズーッと前のことです。イギリスでシェイクスピアを自慢する以上に、日本では『源氏物語』を自慢してもいいのです。

『源氏物語』は読み上げられた小説

紫式部は二八歳で結婚しました。当時としては非常に遅い結婚です。というのは、お父さんが貧乏だったのだと思いますね。しばらく失職していたということもありますから、娘のお婿さんを選ぶこともできなかったのだと思います。それと、やはり器量があまりよくなかったのではないでしょうか。あまりお金がなくても、器量がよければ男は言い寄るものです。ですから、器量も相当悪かったのではないでしょうか。最近でこそ美人の小説家が多くなってきましたが、私が小説家になった頃までは、「あぁ、これだから小説家になったんだ」というような人ばかりでしたよ。今は大分変わってきましたね。

清少納言は器量がよくなかったらしいですね。器量はよくなかったのですが、会話が上手で、ウイットに富んだ会話をする人だったので男にもてたらしいです。紫式部は、そういう魅力のなかった女だったらしいのですが、彼女に目をつけた、当時の最高権力者である藤原道長が、自分の十二歳の娘彰子《しょうし》を一条天皇の皇室に入れました。十二歳ですからまだ子どもなのですが、それ以前にも道長の姪、関白藤原道隆の娘定子《ていし》という人が先に入っている。この人は一条天皇よりも年上だけれども、絶世の美女であらゆる教養を身につけた人でした。しかも、彼女の局には清少納言がいました。そこで清少納言は随筆を書き、楽しい会話をしていました。天皇はその定子が好きでしたから、定子の側にばかり行く。それを見て道長は焦りまして、向うがエッセイならばこちらはノベルでいこう、というわけで小説家を求め、紫式部を探し出したわけです。

この当時、紫式部は二年間ほど結婚をしていて女の子を一人産みました。ところが夫が急に病気で死んでしまったため、若い寡婦だったのです。おそらく若い頃から小説を書いてはいたのでしょうが、未亡人になってまた小説を書きはじめた。それが『源氏物語』の初めだと思います。

それが口コミで評判になっていき、それを道長が聞き及んでスカウトしたわけです。

紫式部は、夫に先立たれ、子どもも育てていかなければなりませんので、いやいや宮中に行ったとあります。これは『紫式部日記』に書かれていることです。しかし、日記に書かれているから本当のことばかりかというと、そうじゃない。小説家の日記は嘘ばかりが書かれているのですよ。その日記に、「いやいや宮中に行った」とあるんですが、そうでもなかったと思います。

道長は彼女に小説を書かせたいものですから、紫式部に部屋を与えて机や墨や筆を与えるわけです。原稿を書くための紙も、唐紙とか和紙を山のように積んで、筆と墨は中国からのものですね。また、資料として必要な書物も、中国のものから日本のものまで買い集めて、「さあ、書け。さあ、書け」と書かせたわけです。

それで、一条天皇のところに行って、「今度、優れた小説家を雇いましたから、ぜひ一度うちに聞きに来てください」というわけです。「聞きに来てください」というのは、当時は、小説を黙読するのではなく、声に出して読んでいたのです。声のよい女官が声に出して書かれたものを読む。それで、傍に集っている皇后も女官も全員が聞けるわけです。そういうふうにして小説を鑑賞していました。

道長に声をかけられた一条天皇は、「あまり彰子のところには行っていないから悪いなあ」と思い、また、元来小説が好きなのでやってくる。そうすると、そこでは声の美しい、朗読の上手な女官が、紫式部の書いた『源氏物語』を読み上げる。そこで一条天皇はビックリし、「この作者はすごい。天才だ。この作者は古い中国の歴史も日本の歴史も全部知っている」と褒めてくれる。その言葉を、紫式部もその場の後ろの方にいて聞いているわけです。本当はうれしくてしょうがないくせに、私が書いたものではないというような顔をして、そそくさと部屋から出て行く。そういうことが日記には書いてあります。

法話の前に、人の集まり具合を心配しつつも
談笑している寂聴さん

また、日記にはこんなことも書かれています。

紫式部は漢文もすらすらと読めるのですが、「私は、漢文が読めるなどと、清少納言のようにはひけらかさない。清少納言は偉そうに言っているが、あの人の漢文は間違いだらけだ」とも日記には書いてある。また、「私は、漢文は読めない。一（壱）という漢字さえ知らない」と、「壱」という字をちゃんと漢字で書いているの。いやらしい女でしょ。他の人のこともコテンパンに、クソミソに書いている。今の清少納言については「生意気だ」とか、「和泉式部は、歌は上手だけれども、淫乱だ」とか、いろいろなことを日記に書いている。

自分のことでは、ある夜、道長が夜這いに来たと書いてあるの。「夜中に、自分の局の扉をホトホトと叩いた。しかし、私は開けてやらなかった」などとわざわざ日記に書いてある。なぜそういうことを書くのか、というと、道長という人は当時の最高権力者です。ある意味では天皇以上の権力者です。紫式部は、その人に雇われている女です。これは完全に芸術家とパトロンの関係ですから、道長は性的関係にまでなろうとするのです。その道長がやってきて、局の扉をホトホトと叩く。それを開けずにすませることができますか。

二度目も開けなかったかもしれませんが、おそらく三度目には開けた、と私は思う。でも、そこは書いていない。それは道長が紫式部を逃がしたくないからです。逃がしたくないからこそその手を使ったのだと思います。また、当時は、自分が雇った女官に手をつけるのは悪いことではなかったのです。女房や乳母に手をつけるように、女官に手をつけることが当たり前のことだったのです。

天台寺の次の間。後ろの写真は今東光

紫式部は天台宗で出家した

天皇は紫式部の書いたものが面白いので、しょっちゅうやってくる。それで道長も「書け、書け。もっと書け」と言って書かせる。それがどんどん積もり積もって五四帖になるわけです。それで、光源氏が死ぬところまで、まず書いたと思います。

その死ぬところまで書いたところで、彰子が道長にとっては待望の皇子を産みます。道長は皇子の生まれることを望んでいろいろな手を尽くしてきたわけですから嬉しくてしょうがない。天皇の子ですから、次は皇太子にする。さらには天皇になる。それで自分は外戚になってあらゆる権力を手に入れることができる。そうするともう、紫式部は必要なくなるわけです。

もともと一条天皇の関心を引き彰子のところにやってくるようにと、紫式部に小説を書かせていたわけです。その究極の目的は彰子に子どもを産ませることです。当初、十二歳だった彰子も、『源氏物語』を聞きながら成長し、男と女はどういうことをするのか、男の心を捉えるためには女はどうすればいいのか、などということを教育されてきたわけです。そのように小説によって少しずつ成長してきて、心も身体も一条天皇の女としてふさわしい女に成長したわけです。そこで、子どもが産まれた。その結果、道長としては、紫式部はもうどうでもいい。そのことを感受性の高い紫式部は、さっと感じたと思います。感じて、鼻っ柱の強い紫式部は自分から退いたと思います。

ここからはあくまでも私の想像ですが、紫式部は退くとともに出家したと思います。それこそ私の住んでいる嵯峨野とか、宇治の辺りでしばらくは庵《いおり》を結んで静かにしていたのではないでしょうか。しかし、根が小説家ですし、じっとしていられない性格です。また、坊主になっても小説は書きたい。しかし、『源氏物語』の続きを書きたいけれども、光源氏は殺してしまっている。そこで新しい光源氏の息子や孫の時代を書くのです。

それが「宇治十帖」です。そこに浮舟という素晴らしいヒロインを作る。そして、最後に浮舟が出家するところで終わっています。

ですから紫式部は、女の出家に随分こだわっています。なぜ、紫式部が出家した、と言えるかといいますと、浮舟の出家の場面に非常にリアリティがあることに気づいたからです。髪の切り方、得度式の仕方が、私が中尊寺でした得度と同じ順序で、同じお経で、同じ仕種をしたからです。そこで私は、紫式部は自分で実際に経験したんだな、と思ったわけです。

私が得度したのは天台宗です。『源氏物語』に出てくるお坊さんも全部天台宗で、比叡山のお坊さんです。ですから浮舟の出家も、比叡山の横川《よかわ》のお坊さんに出家させてもらっています。千年たった今と同じ方法での出家です。それで私は、紫式部は天台宗で出家させてもらったな、と想像したわけです。これはあくまでも想像ですが、でも、ほぼ間違いないと思います。

女は本当に成仏できるかが命題

そこで紫式部はなにを書きたかったのか。

最初は、光源氏という素晴らしい男の千年も続くラブ・アフェアを書きたかったのですが、書いているうちに作者の意図を離れて、命をもった作中の主人公が勝手に動き出して、紫式部の手に負えなくなってしまった。その頃から小説は生命を持ってどんどん面白くなってきます。

そして、彼女は作中人物に促されて、作中人物の思う通り、動く通りのことを急いで書き写すことが主な仕事になったと思います。私は実作者ですから、それがよく分かります。自分の書いたものでも、実際、作中人物が命を持ったな、と思ったときから小説がよくなっております。特に、新聞小説ではそれがはっきりとします。その結果、筋がどんどん思いがけない方向に発展していく。それが、作中人物が作者の意図を超えて動き出したときです。紫式部の場合にも、光源氏のラブ・ロマンスだけを書こうと思って始めたものが、作中人物が勝手に動いて、源氏に愛された女たちが必ずしも幸せでないことに気づいていくわけです。

本当の愛を知ったとき、本当の幸せを知ったとき、人間はすぐに不幸になります。恋愛をしてそれが嬉しいというのは、それは浅い恋愛の場合です。本当の恋愛をしたときには、本当の愛を知ったときに、その瞬間にその人は深い悩みを持ちます。これが本当の恋です。

その女たちの声にならない苦しさ。それは、一夫多妻で自由にならない恋愛のもたらす、堪え忍ぶ苦しさ、嫉妬を抑える苦しさです。そういう不幸を書いていくうちに、紫式部は「女は果たして救われるのかしら」ということに気づいたと思います。それで、女たちをどんどん出家させていくことになります。

出家した女たちは、出家するときに源氏には全く相談いたしません。相談したら反対されるに決まっているからです。なぜかというと、当時はお嫁さんも、お子さんもいらっしゃいますが、今のお坊さんにはお嫁さんも、お子さんもいらっしゃいますが、平安時代のお坊さんの戒律は非常に厳しく、出家したらセックスは厳禁です。当時は仏教の戒律が今より生きておりました。今のお坊さんには、源氏といえども出家をした人とはセックスができません。出家した尼さんに手を出したら厳罰を受けることになります。これは戒律を犯すことになるからです。ですから、源氏にとっては、自分の愛する女が出家することは、その人とセックスができなくなることを意味します。ですから、相談されたら必ず出家を止めます。

だんだん女たちにも知恵がつき、源氏に相談しないで出家するようになります。源氏は通ってきますから、源氏が帰ったときに出家をすればいいわけです。

源氏は、出家のことを知ったら必ず駆けつけて、よよと泣くんです。放っといた女に対しても駆けつけて、よよと泣きます。

女は出家した途端に、今までは源氏に振り回されていた女の心の丈がスーッと高くなって、源氏を見下ろすようになるのです。それは筆では書いていません。しかし、『源氏物語』を読むと、女が出家した瞬間に女の心の丈が高くなるのが感じられるのです。女は愛欲から抜け出して、心の平安が得られるのです。それも私の訳では、その辺がよく分かるように書いてあります。

したがって、紫式部は『源氏物語』を書きながら、果たして女は本当に成仏できるのだろうか、女人成仏というのはあるのかしら、ということが大きな命題になっていったのだと思います。

出家すると、仏はすべてを受け入れてくれる

最後の「浮舟」では、まだ心の弱い若々しい浮舟が、たまたま暗闇で間違えられて、二人の男に身を任せてしまい、宇治川に身を投げて自殺しようとします。しかし、自殺し損ねて生き返るわけです。間違えられてといっても、相手の男たちは計画的なのですが……。その後で、彼女はどうしても出家したいということで、無理やり出家させてもらうというお話です。

その出家した女を愛した男が、薫という源氏の子どもということになっていますが、実は、源氏の別の奥さん女三の宮が若い男に犯されてできた不倫の子です。その薫が、浮舟を宇治に囲っていたのです。一方、源氏の本当の孫に匂の宮がいます。匂の宮は、源氏の生まれ変わりのように美しいドンファンです。

この匂の宮が薫に化けて、夜、忍んで行って浮舟をものにしてしまう。そういう関係で、浮舟は心ならずも二人の男に身を任せてしまうわけです。

ところが、そこが近代的なのですが、浮舟は自分の最初の夫である薫に相済まないと思いながらも、乱暴な形で犯された匂の宮に性的魅力を感じてしまうのです。これは精神と肉体の乖《かい》離《り》ということで、二〇世紀の文学の主題です。それを千年前に紫式部はちゃんと書いている。

このように「宇治十帖」というのはきわめて近代的な主題ですから、『源氏物語』ははじめから読むのではなく、この「宇治十帖」から読みはじめると入りやすいかもしれません。

そして、浮舟は出家する。すると、それを聞きつけた薫は、

寂聴さんは今日も元気に出かけてゆく

自分は行かないで、使いをやる。「お前は私を裏切ったりしたけれども、今は全てを許すから、また仲良くしようじゃないか」とラブレターを渡すんです。ところが浮舟は、それを断固として突っ返すのです。

その突っ返されたラブレターを薫が見てなんと言ったかというと、「ああ、やっぱり男がいて、男に匿《かくま》われているんだな」と。ここで長い『源氏物語』五四帖が終わるんです。とても変な終わり方です。

しかし、これは非常に暗示的なことです。

巷間では、紫式部はここで中風になって書けないままに死んでしまった、などとさまざまなことが想像されていますが、私は、実に紫式部が考え抜いての終わり方だと思います。

浮舟は、今の言葉でいうインテリでもなんでもありません。教養もない女として書かれています。しかし、一途に出家したら彼女の気持ちを仏が受け入れてくれた。それで、突然、誘惑がきても断固としてそれを突っ返すことができる。

一方、薫は東西一のインテリです。そのインテリと自称している薫が「さては男がいるのかな」などという、なんとくだらない想像しかできないのでしょう。

ここで終わっている。

ということは、女は女人成仏ができるということですね。仏に身を任せて出家すれば救われる。しかし、男はだめね、ということを紫式部は書いたのです。

これが『源氏物語』の主題です。

（二〇〇〇年七月四日、プレスセンターでの講演）

瀬戸内寂聴 著作年譜

一九二二年（大正十一年）
五月十五日、父三谷豊吉、母コハルの次女として徳島県徳島市塀裏町字巽浜一四に誕生。五歳年上の姉、艶と二人姉妹。家業は神仏具商。
一九二七年（昭和二年）五歳
自分で勝手に幼稚園に通い始め、入園。
一九二九年（昭和四年）七歳
徳島市東大工町二ノ一七に転居。
四月、徳島市立新町尋常小学校に入学。五月、父豊吉が大伯母瀬戸内いとと養子縁組、瀬戸内家を継ぐ。
一九三一年（昭和六年）九歳
担任教師から、文学の課外授業を受け、白秋、藤村の詩を知り、小説を読み始める。
一九三五年（昭和十年）十三歳
三月、新町尋常小学校卒業。四月、徳島県立徳島高等女学校に入学。
一九三九年（昭和十四年）十七歳
五月、朝鮮満州に二〇日間の修学旅行。十二月、上京、渋谷道玄坂の予備校に通う。
一九四〇年（昭和十五年）十八歳
三月、女学校を卒業。四月、東京女子大学国語専攻部に入学、同時に大学キャンパス内の東寮に入寮。
一九四二年（昭和十七年）二〇歳
八月、見合いをして婚約。
一九四三年（昭和十八年）二一歳
二月、徳島で結婚。夫は北京に単身赴任。九月、東京女子大学、戦時繰上げ卒業。十月、北京に渡り、東単牌楼三条胡同、紅楼飯店に住む。
一九四四年（昭和十九年）二二歳
六月、輔仁大学学長細井二郎宅に仮寓の後、輔仁大学の教員宿舎に転居。八月、長女誕生。
一九四五年（昭和二〇年）二三歳
六月、夫が現地召集。西単頭条胡同に転居。八月、終戦。夫帰宅。
一九四六年（昭和二一年）二四歳
八月、親子三人で、徳島に引揚げ、祖父と母は二〇年七月四日徳島大空襲時に、防空壕で焼死したことを知る。
一九四七年（昭和二二年）二五歳
秋、一家三人で上京。
一九四八年（昭和二三年）二六歳
二月、出奔。女子大時代の友人丸本恭子の京都市左京区北白川平井町の下宿に同居。三月、大翠書院に勤める。
一九四九年（昭和二四年）二七歳
四月、大翠書院解散。京都大学医学部付属病院小児科研究室に勤務。同人雑誌「メルキュール」に加入。大学時代の上級生の父君、福田恆存に短編「ピグマリオンの恋」を送る。
一九五〇年（昭和二五年）二八歳
小児科研究室から図書館に移る。二月、正式に協議離婚。三島由紀夫と文通をはじめる。四月、父豊吉死去。五月、大磯の福田恆存を訪ねる。十二月、三谷晴美の名で「青い花」を投稿、「少女世界」に掲載され、初めて原稿料を得る。
一九五一年（昭和二六年）二九歳
一月、「ひまわり」に懸賞小説「お母様への贈り物」を三谷佐和子のペンネームで投稿、入選。五月、上京。三鷹市下連雀二六九の下田シュン方に下宿。少女小説や童話を「少女世界」「ひまわり」、講談社や小学館の児童雑誌に書く。丹羽文雄を訪ね「文学者」の同人となり、小田仁二郎を知る。
一九五三年（昭和二八年）三一歳
十二月頃、三鷹市下連雀の三鷹駅前通五十嵐方に転居。
一九五四年（昭和二九年）三二歳
五月頃、杉並区西荻窪二ノ七二小俣きん方離れに転居。
一九五五年（昭和三〇年）三三歳
五月、純文学処女作「痛い靴」を「文学者」に発表。十一月、「ざくろ」を「文学者」に発表。
一九五六年（昭和三一年）三四歳
「文学者」解散のため小田仁二郎が主宰する同人誌「Z」に参加。三月、「吐蕃王妃記」「白い手袋の記憶」を「Z」に発表。六月、「牡丹」を「Z」に発表。十一月、「塘沽貨物廠」を「Z」に発表。
一九五七年（昭和三二年）三五歳
一月、「女子大生・曲愛玲」で第三回新潮社同人雑誌賞を受賞。四月、処女短編集『白い手袋の記憶』を朋文社より刊行。中野区大和町三八九尾山方に転居。十月、「花芯」を「新潮」に発表。文学性を評価する声もある中、ポルノグラフィーだと酷評され、以後五年間、文芸雑誌に発表の場を与えられなかった。「ひめごと」を「婦人朝日」に発表。
一九五八年（昭和三三年）三六歳
四月、二〇〇枚に書き改めた『花芯』を三笠書房より刊行。同人雑誌「Z」解散。五月、小田仁二郎らと同人誌「無名誌」を始める。七月、「美少年」を「別冊小説新潮」、「嫉妬やつれ」を「週刊大衆」に発表。九月、「不貞な貞女」を「講談倶楽部」に発表。十月、女性ばかりの同人誌「α」を主宰。
一九五九年（昭和三四年）三七歳
一月、「三宅坂」を「小説新潮」に発表。二月、「惑いの年」を「講談倶楽部」、「あいびき正月」（のちに「あいびき」と改題）を「別冊小説サンケイ」に発表。三月、エッセイ集『恋愛獲得講座』を和同出版社より刊行。四月、「桜草夫人」を「小説新潮」に発表。『迷える女』を小壺天書房より刊行。「α」解散。七月、「田村俊子・東慶寺」を「無名誌」、「妻の放蕩」を「講談倶楽部」に、

「女の海」を「東京タイムズ」に連載（三五年二月まで）。十月、「転落の歌」を「講談倶楽部」に発表。

一九六〇年（昭和三五年）三八歳

一月、「田村俊子」を「文学者」に連載（十二月まで）。二月、徳島ラジオ商事件の冤罪のルポ「恐怖の判決」を「婦人公論」に発表。七月、「通り魔」を「小説新潮」に発表。九月、『その終りから』（「女の海」改題）を浪速書房から刊行。十月、「完全な妻」を「別冊小説新潮」に発表。十一月、「小説丹羽文雄」（のちに「春への旅」と改題）を「婦人公論」に発表。

一九六一年（昭和三六年）三九歳

三月、「ある晴れた日に」を「小説新潮」、「妖精の季節」を「講談倶楽部」に発表。四月、『田村俊子』を文藝春秋新社より刊行。同作品で第一回田村俊子賞受賞。七月、「いろ」を「別冊小説新潮」に発表。十一月、「再会」を「講談倶楽部」に発表。十二月、練馬区高松町二ノ四七二二ノ一〇に転居。

一九六二年（昭和三七年）四〇歳

七月、「かの子撩乱」を「婦人画報」に連載（三九年六月まで）。十月、「夏の終り」を「新潮」に発表。「女徳」を「週刊新潮」に連載（三八年十一月まで）。十二月、「夫の骨」を「文芸朝日」に発表。

一九六三年（昭和三八年）四一歳

三月、「みれん」を「小説中央公論」、「雉子」を「新潮」、「ネヴァモア」を「小説現代」に発表。四月、「夏の終り」で第二回女流文学賞を受賞。「妻たち」を新聞三社連合に連載（四〇年六月まで）。五月、「あふれるもの」を「新潮」、「花冷え」を「小説中央公論」、「死面」を「小説新潮」に発表。六月、短編集『夏の終り』を新潮社より刊行。「霊柩車」を「風景」に発表。七月、「けものの匂い」を「文學界」、「夜の椅子」を「週刊文春」、「通り魔」を「小説新潮」に発表。八月、「盗む」を「小説中央公論」、「驟雨」を「オール讀物」に発表。九月、「帰らぬ人」を「文學界」、「ブルー・ダイヤモンド」を「小説現代」、「男客」を「別冊文藝春秋」、「女たらし」を「小説新潮」に発表。十月、「光子の朝」を「文芸朝日」に発表。十二月、「ブルー・ダイヤモンド」を講談社より、『女徳』を新潮社より刊行。「冬映え」を「文藝春秋」、「三角の部屋」を「オール讀物」、「女戒」を「別冊文藝春秋」に発表。文京区関口台町の目白台アパートに転居。ここには谷崎潤一郎や『源氏物語』現代語訳を執筆中の円地文子も住んでいた。

一九六四年（昭和三九年）四二歳

二月、『女の海』を圭文館より刊行。「女優」を「週刊新潮」（十一月まで）、「背徳の暦」を「小説現代」（十二月まで）に連載。三月、「不惑妬心」（のちに「妬心」と改題）を「新潮」、「三味線妻」を「別冊文藝春秋」、「からっぽ」を「週刊読売」に発表。『女箸』を東方社より刊行。五月、「声」を「週刊読売」、「梵死」を「自由」に発表。六月、『妬心』を新潮社より刊行。「花野」を「別冊文藝春秋」に発表。七月、「やどかり」を「婦人生活」に発表。九月、『花野』を文藝春秋新社より刊行。十月、「三鷹下連雀・太宰治」を「別冊文藝春秋」に発表。十一月、「地獄ばやし」を「新潮」に発表。十二月、『女優』を新潮社より刊行。「紅葉疲れ」を「別冊文藝春秋」、「湖への旅」を「オール讀物」に発表。中野区本町通り五ノ二五に転居。質屋の蔵。

一九六五年（昭和四〇年）四三歳

一月、「歳月」を「小説新潮」、「淫蕩な処女」を「小説現代」に発表。『輪舞』（「背徳の暦」改題）を講談社より刊行。二月、「煩悩夢幻」を「週刊読売」に連載（十月まで）。三月、「貴船」を「文學界」に、「鎮魂」を「新潮」に発表。四月、「誘惑者」を「小説新潮」に発表。「美は乱調にあり」を「文藝春秋」に連載（十二月まで）。五月、『かの子撩乱』を講談社より、『妻たち』を新潮社より刊行。七月、「巴里祭」を「別冊文藝春秋」に発表。エッセイ集『道』を文化服装学院出版局より刊行。九月、「こころがわり」を「小説現代」に発表。「鬼の栖」を「文藝」に連載（四一年八月まで）。十一月、「朝な朝な」を「週刊現代」に連載（四一年八月まで）。

一九六六年（昭和四一年）四四歳

一月、「愛にはじまる」を「新潮」に発表。「燃えながら」を「婦人生活」に連載（十二月まで）。二月、「ゆきてかえらぬ」を「新潮」、「浮名もうけ」を「小説新潮」、「旧友」を「別冊文藝春秋」に発表。三月、『美は乱調にあり』を文藝春秋より刊行。「冬銀河」を「小説現代」に発表。四月、『誘惑者』を講談社より刊行。「彼女の夫たち」を学芸通信より新聞連載（四二年七月まで）。五月、「妖精参上」を「小説新潮」、「春の弔い」を「オール讀物」に発表。六月、「死せる湖」を「別冊文藝春秋」に発表。『美少年』を東方社より刊行。七月、『愛にはじまる』を中央公論社より刊行。九月、『煩悩夢幻』を新潮社より刊行。「鴎」を「オール讀物」、「昏い沖」を「別冊文藝春秋」、「秋扇」を「小説現代」に発表。一〇月、『朝な朝な』を講談社より刊行。十一月、「夜の会話」を「週刊文春」に連載（四二年九月まで）。「龍燈祭」を「文藝春秋」、「にんふぇっと」を「小説新潮」、「ひいらぎ」を「オール讀物」に発表。十二月、『瀬戸内晴美自選作品』を雪華社より刊行（翌年八月、四巻にて中絶）。京都市中京区西ノ京原町六八に転居。

一九六七年（昭和四二年）四五歳

一月、『燃えながら』を講談社より刊行。「終りなき塔」を「別冊文藝春秋」、「うつり紅」を「小説現代」に発表。「いずこより」を「主婦の友」に連載（四四年六月まで）。二月、「火の蛇」を「オール讀物」に発表。三月、「霧婦たち」を「小説新潮」に連載（十二月まで）。四月、「祇園の花・夢二秘帖」を「別冊文藝春秋」に発表。「白園女御」を新聞三社連合に連載（四三年五月まで）。「白い椅子」（のちに「雪」と改題）を「文藝」に、「廻り舞台」を「別冊小説現代」に発表。日本大学芸術学部非常勤講師として「創作論」を講ず（九月まで）。七月、『死せる湖』を文藝春秋より刊行。「黄金の鋲」を「新潮」、「疑うことを学べ」を「小説現代」に発表。九月、『瀬戸内晴美傑作シリーズ』（全五巻）を講談社より、『黄金の鋲』を新潮社より、『鬼の栖』を河出書房新社より、それぞれ刊行。十月、エッセイ集『一筋の道』(「銀座百点」に三九年一月〜四一年十二月連載)、を文藝春秋より刊行。十二月、『火の蛇』を講談社より刊行。

一九六八年(昭和四三年) 四六歳

一月、「お蝶夫人」を「宝石」に連載(十二月まで)。「あなたにだけ」を「週刊サンケイ」に連載(十月まで)。二月、「予兆」を「文藝」、「雁の便り」を「オール讀物」に発表。『情婦たち』(文春文庫収録時に『女たち』と改題)を新潮社より刊行。三月、「妻と女の間」を毎日新聞に連載(四四年六月まで)。四月、「遠い声」を「思想の科学」に連載(十二月まで)。エッセイ集『愛の倫理・才気ある生き方』を青春出版社より刊行。五月、「樹の幻」を「群像」、「魚のなみだ」を「オール讀物」に発表。『夜の会話』を文藝春秋、『彼女の夫たち』を講談社より刊行。七月、「鴛鴦」を「文藝春秋」に発表。八月、「ブイヨンの煮えるまで」を「文學界」に、「うちうみ」を「風景」に発表。九月、「風の跫跡」を「オール讀物」に発表。十月、『祇園女御』を講談社より刊行。十二月、「さざなみ」を「群像」に発表。『あなたにだけ』をサンケイ新聞出版局より刊行。

一九六九年(昭和四四年) 四七歳

一月、「公園にて」を「文藝」に発表。四月、「墓の見える道」を「新潮」に発表。『妻と女の間』を毎日新聞社より刊行。五月、「奈落に踊る」を「文學界」に連載(九月まで)。六月、「蘭を焼く」を「群像」、「いってまいります　さようなら」を「文藝春秋」に発表。七月、「純愛」を新聞三社連合に連載(四五年六月まで)。『お蝶夫人』を講談社より刊行。九月、『蘭を焼く』を講談社より刊行。十二月、「吊橋のある駅」を「群像」に発表。『奈落に踊る』を文藝春秋より刊行。

一九七〇年(昭和四五年) 四八歳

一月、「恋川」を「サンデー毎日」に連載(十二月まで)。「線路ぞい」を「風景」に発表。三月、『遠い声』(付・「いってまいります　さようなら」)を新潮社より刊行。九月、「おだやかな部屋」を「文藝」に発表。十一月、「輪環」を「週刊文春」に連載(四六年九月まで)。十二月、仕事場を文京区本郷一—二七—八—一〇〇一に移す。

一九七一年(昭和四六年) 四九歳

一月、「余白の春」を「婦人公論」に連載(四七年三月まで)。二月、『おだやかな部屋』を河出書房新社より刊行。三月、「こういう朝」を「群像」に発表。五月、『恋川』を毎日新聞社より刊行。六月、金子ふみ子取材のため韓国へ旅行。『ゆきてかえらぬ』を文藝春秋、『純愛』を講談社より刊行。七月、「影のない中庭」を「文藝」に発表。八月、「京まんだら」を日本経済新聞に連載(四七年九月まで)。三月、「中世炎上」を「週刊朝日」に連載(四七年九月まで)。十一月、『輪環』を文藝春秋より刊行。十二月、「悲鳴」を「群像」に発表。

一九七二年(昭和四七年) 五〇歳

一月、「坂道」を「文藝春秋」に発表。二月、「ふたりとひとり」を「新潮」に発表。エッセイ集『放浪について』を講談社より刊行。三月、『瀬戸内晴美作品集』(全八巻)を筑摩書房より刊行(翌年五月完結)。エッセイ集『みじかい旅』(昭和四六年一〜十二月「太陽」に連載の「町は」改題)を文藝春秋より刊行。四月、『新潮日本文学58・瀬戸内晴美集』を新潮社より刊行。六月、『余白の春』を中央公論社より刊行。九月、「地図」を「群像」に発表。十月、「色徳」を「週刊新潮」に連載(四八年十二月まで)。『美女伝』を講談社より刊行。十一月、『京まんだら』を講談社より刊行。

一九七三年(昭和四八年) 五一歳

一月、「抱擁」を「文學界」に連載(十二月まで)。「とはずがたり」を現代語訳『日本の古典・王朝日記随筆集』(河出書房新社)に収録。三月、エッセイ集『ひとりでも生きられる』を青春出版社、『中世炎上』を朝日新聞社より刊行。五月、「蜜と毒」を「週刊現代」に連載(十二月まで)。六月、「石蕗」を「群像」に発表。七月、「いきもの」を「文芸」に発表。十月、『瀬戸内晴美長編選集』(全十三巻)を講談社より刊行開始。十一月、「祇園の男」を「別冊小説新潮」に発表。十一月十四日、奥州平泉中尊寺にて得度。師僧は今春聴(東光)。法名、寂聴。

一九七四年(昭和四九年) 五二歳

一月、「ルルドのマリア」を「群像」に発表。自伝『いずこより』を筑摩書房より刊行。東京・本郷の仕事場、京都・西ノ京の自宅をたたみ、京都・上高野の寓居に移る。二月、対談集『談　談　談』を大和書房より刊行。四月、『吊橋のある駅』を河出書房新社、エッセイ集『終りの旅』を平凡社より刊行。四月二六日より六〇日間、比叡山横川行院にて四度加行を受く。六月、「世外」を「辺境」に発表。九月、『色徳』を新潮社より刊行。「秋の客」を「海」に発表。十月、「幻花」を「新聞三社連合」に連載(五〇年九月まで)。『抱擁』を文藝春秋より刊行。十一月、「冬の樹」を「中央公論」に連載(五〇年十二月まで)。十二月、「雪の戸」を「世界」に発表。エッセイ集『見知らぬ人へ』を創樹社より刊行。二五日、京都市右京区嵯峨鳥居本仏餉田町七—一に寂庵を結ぶ。

一九七五年(昭和五〇年) 五三歳

寒いある日、持仏堂にて読経中、クモ膜下出血の発作に見舞われる。一般には隠して療養。そのため、この年の作品の発表はない。

一月、『瀬戸内晴美随筆選集』を河出書房新社、エッセイ集『見出される時』を創樹社、戯曲『かの子撩乱』を冬樹社より刊行。七月、エッセイ集『山河漂泊』(四七年一〜十二月「旅」に連載した「私の旅」改題)を平凡社より刊行。十一月、エッセイ集『遠い風、近い風』(四九年四月〜五〇年四月、「朝日新聞」に連載)を朝日新聞社より刊行。十二月、『蜜と毒』を講談社より刊行。

一九七六年(昭和五一年) 五四歳

一月、「虚鈴」を「文學界」に発表。『幻花』を河出書房新社より刊行。四月、律師に昇格。六月、『冬の樹』

を中央公論社より刊行。七月、「木の手」を「文藝」に発表。八月、「自伝抄」を読売新聞に連載（五二年十月まで）。九月、「まどう」を毎日新聞に連載（五二年十月まで）。十月、「草宴」を「群像」に連載（五二年九月まで）。

一九七七年（昭和五二年）五五歳

一月、「えりあし」を「文藝」、「鬼」を「中央公論」に発表。「花情」を「草月」に連載（五四年四月まで）。三月、エッセイ集『嵯峨野より』（五〇年五月～五一年十二月「婦人倶楽部」に連載）を講談社より刊行。四月、中律師に昇補。九月、「くちなわ」を「海」に発表。十月、「花火」を「文藝」に発表。

一九七八年（昭和五三年）五六歳

一月、『祇園の男』を文藝春秋より刊行。五月、『まどう』を新潮社より刊行。七月、「怪談」を「文學界」、「失踪」を「野性時代」に発表。十月、「こころ」を読売新聞に連載（五四年十月まで）。十一月、「愛の裏」を「婦人公論」に発表。『草宴』を講談社、対談集『生きるということ』を皓星社より刊行。

一九七九年（昭和五四年）五七歳

一月、「声」を「群像」、「坂道で」を「すばる」に発表。二月、「揺れる部屋」を「海」に発表。三月、大律師に昇格。四月、『花火』を作品社より、エッセイ集『有縁の人』を創林社より刊行。五月、エッセイ集『風のたより』（五三年一～十二月「マダム」に連載）を海竜社、『古都旅情』（五二年四月～五三年十二月「太陽」に連載）を平凡社より刊行。小田仁二郎、死去。九月、「みみらく」を「群像」に発表。書下し『比叡』を新潮社より刊行。評伝「炎凍る樋口一葉の恋」を『全集樋口一葉』第四巻（小学館）に発表。

一九八〇年（昭和五五年）五八歳

一月、「鶏」を「群像」、「再会」を「新潮」に発表。『花情』を文藝春秋より刊行。二月、「幸福」を「文學界」に発表。『こころ』を講談社より刊行。三月、『小さい僧の物語』を平凡社より刊行。五月、『幸福』を講談社より刊行。小田仁二郎追悼誌「ＪＩＮ」を発行（三号まで）。七月、「蛇の衣」を「別冊文藝春秋」に発表。『人物近代女性史　女の一生』を解説・責任編集、講談社より刊行。エッセイ集『寂庵浄福』（五四年一～十二月「ミセス」に連載）を文化出版局より刊行。九月、樋口一葉の未完の小説「裏紫」を書きついだ「うらむらさき」を「使者」に発表。十月、エッセイ集『嵯峨野日記』（五一年七月～五三年十二月「週刊朝日」に連載）を新潮社より刊行。

一九八一年（昭和五六年）五九歳

一月、「ここ過ぎて　白秋と三人の妻」を「新潮」に（五八年九月まで）、「諧調は偽りなり」を「文藝春秋」に連載（五八年八月まで）。徳島市に「寂聴塾」を開く。二月、「侘助」を「群像」に発表。三月、『瀬戸内晴美による瀬戸内晴美』を青銅社より刊行。四月、「愛の時代」を「学芸通信」より新聞連載（五七年三月まで）。『ブッダと女の物語』を講談社より刊行。五月、『伝教大師巡礼』を講談社より刊行。六月、第十七回徳島新聞賞文化賞受賞。十一月、『続瀬戸内晴美長編選集』（全五巻）を講談社より刊行。

一九八二年（昭和五七年）六〇歳

一月、「梅」を「群像」、「微笑」を「文學界」に発表。「青鞜」を「婦人公論」に連載（五九年八月まで）。二月、エッセイ集『私の好きな古典の女たち』（五六年一～十二月「マダム」に連載）を福武書店より刊行。四月、「寂聴辻説法」を「躍進」に連載（五八年四月まで）。徳島市にて「徳島塾」（第一期）を開く。五月、エッセイ集『寂聴巡礼』（五六年四月～五七年二月「太陽」に連載）を平凡社より刊行。七月、紀行文集『インド夢幻』を朝日新聞社より刊行。九月、寂聴塾の一年間を集約した『いま、愛と自由を』を集英社より刊行。十一月、『愛の時代』を講談社より刊行。

一九八三年（昭和五八年）六一歳

一月、「マッシュルーム」を「文藝」に発表。「美しきものを見し者は」を「マダム」に連載（二月まで）。二月、「私小説」を「すばる」に連載（五九年七月まで）。紀行文集『印度・乾陀羅』を講談社より刊行。四月、徳島市にて「徳島塾」（第二期）を開く。六月、紀行文集『敦煌・西蔵・洛陽』を講談社より刊行。七月、エッセイ集『愛と祈りを』（五五年四月～五七年十二月「めばえ」に連載）を小学館、対談集『すばらしき女たち』を中央公論社より刊行。十月、エッセイ集『人なつかしき』（五六年四月～五八年四月「ちくま」に連載の「忘れ得ぬ人・人」改題）を筑摩書房より刊行。十一月、「われもこう」を「新潮」に発表。「仏陀」を「恒河」に連載（「恒河」廃刊のため中絶）。

一九八四年（昭和五九年）六二歳

一月、「ぱんたらい」を「海燕」に連載（六〇年四月まで）。対談集『あざやかな女たち』を中央公論社より刊行。二月、二八日、姉艶死去。三月、『諧調は偽りなり』を文藝春秋より刊行。四月、『ここ過ぎて』を新潮社より刊行。十月、「白萩」を「中央公論文芸特集」に発表。『青鞜』、『愛の現代史』（全五巻の解説・責任編集）を中央公論社、対談紀行『名作のなかの女たち』を角川書店より刊行。十一月、京都府文化功労賞受賞。十二月、「女人源氏物語」を「本の窓」に連載（平成元年三月まで）。

一九八五年（昭和六〇年）六三歳

一月、「風のない日々」を「新潮」に発表。『私小説』を集英社より刊行。三月、『寂庵説法』を講談社より刊行。「この号瀬戸内寂聴さんといっしょにつくりました」（「クロワッサン」）。五月、十五日、単立宗教法人寺院曼陀羅山寂庵の庵主となり、修行道場嵯峨野僧伽落慶。法話、写経、座禅、文学塾、句会等を毎月定期的に主催するようになる。「硝子の中に蝶」を「婦人公論増刊号　一冊まるまる瀬戸内寂聴人生相談」に発表。『瀬戸内寂聴紀行文集』を平凡社より刊行。七月、「他人の夫」を「別冊婦人公論」に発表。十月、「海岸通り」を「新潮」に発表。編著『仏教の事典』を三省堂より刊行。十二月、『ぱんたらい』を福武書店より刊行。

一九八六年（昭和六一年）六四歳

一月、「揺鈴」を「新潮」に発表。コミックブック『ブッダと女の物語』（絵は水野英子）を中央公論社より刊行。二四日、連合赤軍裁判で永田洋子被告の証人として東京高裁の証言台に立つ。二月、「鞦韆」を「群像」、「影」を「小説新潮」に発表。三月、「ちゅうりっぷ」を「文學界」に発表。六月、エッセイ集『幸福と不安のカクテル』を大和書房より、エッセイ集『寂庵だより』を海竜社より刊行。七月、『風のない日々』を新潮社より刊行。九月、「滝」を「群像」に発表。対談集『瀬戸内寂聴と男たち』を中央公論社より刊行。十月、エッセイ集『いのち華やぐ』（六〇年一月〜六一年三月「大阪朝日新聞」に連載）を講談社より刊行。中国・五台山へ旅行。十一月、獄中の永田洋子との書簡集『愛と命の淵に』を福武書店より刊行。

一九八七年（昭和六二年）六五歳

一月、「時計」を「海燕」に発表。二月、寂庵の新聞「寂庵だより」を創刊。三月、『私の京都小説の旅』を海竜社より刊行。四月、権大僧都に昇補。五月、エッセイ集『愛と別れ　世界の小説のヒロインたち』（六〇年一月〜六一年十二月「マダム」に連載の「世界名作のなかの愛と女」改題）を講談社より刊行。五月五日、岩手県二戸郡浄法寺町の八葉山天台寺に第七三世住職として晋山。六月、「はなみずき」を「クロワッサン」に発表。七月、「紫陽花」、「桔梗」を「クロワッサン」に発表。八月、「昼顔」を「クロワッサン」に発表。十月、「金の沓」を「小説新潮」に発表。『田村俊子作品集』を監修、オリジン出版センターより刊行。

一九八八年（昭和六三年）六六歳

一月、「通夜」を「群像」に発表。二月、エッセイ集『愛の四季』（六〇年一〜十二月「月刊カドカワ」に連載）を角川書店より刊行。三月、『新・寂庵説法』（六一年八月〜六二年十一月「ソフィア」に連載）を講談社、『昭和文学全集第二五巻』（深沢七郎・水上勉・曾野綾子・有吉佐和子と）を小学館より刊行。四月、敦賀女子短期大学学長に就任。「海峡」を「クロワッサン」に発表。五月八日、比叡山不滅の法灯を天台寺に分灯。「阿闍世」を「新潮」に発表。十月、『寂聴 般若心経』を中央公論社より刊行。血圧が異常に高くなり入院。十一月、『女人源氏物語』（全五巻）を小学館より刊行。十二月、『寂聴の仏教入門』を講談社より刊行。

一九八九年（昭和六四年・平成元年）六七歳

一月、「優しい夫」を「群像」、「生死長夜」を「文學界」、「別れた男」を「小説新潮」、「晴れた日々」を「サンデー毎日」に発表。三月、学研の女性文芸誌「フェミナ」を監修・創刊。五月、『生死長夜』を講談社、『寂聴 写経のすすめ』を法蔵館、写真集『天台寺の四季』を寂より刊行。六月、「花に問え」を「中央公論文芸特集」に連載（四年六月まで）。「紅河」を「フェミナ」に連載（「フェミナ」廃刊により途絶）。『瀬戸内晴美伝記小説集成』（全五巻）を文藝春秋より刊行。七月、エッセイ集『わたしの源氏物語』（昭和六二年一月〜六三年十二月「読売新聞」に連載）を小学館、エッセイ集『寂聴　天台寺好日』（昭和六三年一〜十二月「ハイミセス」に連載の「天台寺日記」改題）を文化出版局より刊行。九月、東欧旅行。エッセイ集『寂庵こよみ』を中央公論社、エッセイ集『寂聴　愛のたより』を海竜社より刊行。十月、『瀬戸内寂聴自選短編集　あふれるもの』を学芸書林より刊行。

一九九〇年（平成二年）六八歳

一月、「手毬」を「新潮」に連載（十二月まで）。「出雲崎」を「小説新潮」に発表。二月、「白道」を「群像」に連載（三年十二月まで）。『古典の旅　源氏物語』を講談社より刊行。七月、『寂聴観音経　愛とは』を中央公論社、監訳『パーフェクト・ウーマン』を三笠書房より刊行。八月、『わが性と生』（平成元年八月〜二年五月「新潮＋45」に連載の「性の扮飾決算」改題）を新潮社より刊行。九月、「孤高の人」を「ちくま」に連載開始（九年五月まで）。

一九九一年（平成三年）六九歳

一月、「木枯」を「文藝春秋」、「風花」を「小説新潮」に発表。二月、湾岸戦争の犠牲者冥福と即時停戦を祈願、断食行。三月、『寂聴　つれづれ草子』（平成元年十月〜二年十月「週刊朝日」に連載）を朝日新聞社、『手毬』を新潮社より刊行。四月、湾岸戦争犠牲者救済カンパと支援物資を携えてバグダッドを訪問。五月、写真集『寂聴』を朝日新聞社より刊行。七月、『生きるよろこび　寂聴随想』を講談社より、『晴美と寂聴のすべて』（『瀬戸内晴美による瀬戸内晴美』に加筆、改題）を集英社文庫より刊行。八月、雲仙普賢岳火砕流被災者にカンパを届ける。十月、「渇く」を「ビーコモン」に連載（四年十月まで）。書下し『孤独を生きる』を光文社より刊行。十二月、紀行文集『寂聴イラクをゆく』をスピーチバルーンより刊行。

一九九二年（平成四年）七〇歳

一月、「乙前」を「新潮」、「紙飛行機」を「小説新潮」に発表。三月、敦賀女子短期大学学長を辞任。四月、天台寺での法話をまとめた『幸せは急がないで』を光文社より刊行。六月、『花に問え』を中央公論社、『あきらめない人生』を小学館より刊行。七月、『人が好き』を日本経済新聞社より刊行。九月、権僧正に昇補。十月、『花に問え』で第二八回谷崎潤一郎賞を受賞。十二月、浄法寺町名誉町民となる。少年少女古典文学館『源氏物語』を講談社、エッセイ集『愛のまわりに』（平成元年十月〜三年八月「女性セブン」に連載）を小学館より刊行。『源氏物語』現代語訳にとりかかる。

一九九三年（平成五年）七一歳

一月、「幻日」を「新潮」に発表。七月、「草筏」を「小説中公」に連載（六年六月まで）。九月、『渇く』を日本放送出版協会、『源氏に愛された女たち』を講談社より刊行。十月、『京の茶室』を婦人画報社より刊行。十一月、「愛死」を「読売新聞」に連載（六年九月まで）。『寂聴まんだら』を中央公論社、対談集『寂聴対談十人十色源氏はおもしろい』を小学館、『発句経を読む　寂聴生きる知恵』を海竜社より刊行。

一九九四年（平成六年）七二歳

一月、「灰」を「群像」、「影」を「新潮」に発表。二月、『寂聴　古寺巡礼』（昭和六〇年七月〜六一年六月「太陽」に連載）を平凡社より、対談集『寂聴・猛の強く生きる心』を講談社より刊行。三月、第十一回京都府文化特別功労賞受賞。九月、『草筏』を中央公論社より刊行。九月、『歩く源氏物語』（平成二年刊行『古典の旅』を改訂）を講談社より刊行。十一月、『愛死』を講談社より刊行。第二〇回徳島県文化功労者賞を受賞。十二月、『寂聴　日めくり』を中央公論社より刊行。

一九九五年（平成七年）七三歳

一月、「露」を「群像」に発表。十七日、阪神大震災直後、被災地を訪問。救援義援バザーを開くなどして義援金を集め京都新聞を通じて被災地へ届ける。二月、『道堂々』を日本放送出版協会より刊行。五月、「寂庵だより」創刊一〇〇号を迎える。七月、『恋の旅路』を朝日出版社より刊行。九月、『白道』を講談社より刊行。三〇日、神戸・六甲アイランドにて、仮設住宅に住む阪神大震災被災者と青空対話。十二月、『与える愛に生きて』を小学館より刊行。

＊オウム事件より、若者との対話の必要性を実感。若い人たちと語り合う機会を増やすため、それまで日で決めていた寂庵と天台寺の法話を日曜日に変更する。

一九九六年（平成八年）七四歳

一月、「鱗」を「群像」、「殺意」を「小説新潮」に発表。『寂聴草子』を中央公論社、写真集『寂庵』を淡交社より刊行。二月、大僧都に昇補。三月、第四六回芸術選奨文部大臣賞を『白道』にて受賞。四月、『いのち発見』を講談社より刊行。五月、天台寺晋山十周年。童話「おはなしこよみ　夢のお船に乗る前に」を「ミマン」に連載開始。七月、「暦」を「三田文学」夏季号に、「羅《うすもの》」を「ちくま」に発表。「寂聴ほとけ径」を「楽」に連載（十年四月まで）。八月、「枕」を「新潮」に発表。九月、『わたしの宇野千代』を中央公論社より刊行。十一月、『無常を生きる』を講談社、『わたしの樋口一葉』を小学館より刊行。十二月、現代語訳『源氏物語』（全十巻）を講談社より刊行開始。

一九九七年（平成九年）七五歳

四月、『つれなかりせばなかなかに』を中央公論社より刊行。NHK教育テレビ「人間大学」で「源氏物語の女性たち」（六月まで全十二回）を放映。六月、『私の京都案内』（講談社カルチャーブックス）を講談社より刊行。七月、対談集『文章修業』（水上勉と）を岩波書店より刊行。八月、NHK教育テレビ「おしゃれ工房」で「源氏物語の世界――瀬戸内寂聴の〝古典〟を現在に活かす」を放映。十月、『女性作家シリーズ4』を宇野千代と角川書店より刊行。十一月、文化功労者に選ばれる。十二月、『孤高の人』を筑摩書房、対談集『生きた愛した書いた』を新潮社、『源氏物語の女性たち』を日本放送協会より刊行。「いよよ華やぐ」を日本経済新聞に連載開始。

一九九八年（平成十年）七六歳

一月、歌会始を陪聴。『寂聴おしゃべり草子』を中央公論社より刊行。三月、『寂聴ほとけ径』をマガジンハウスより刊行。四月、『瀬戸内寂聴現代語訳　源氏物語』第十巻刊行、全巻完結。「瀬戸内寂聴源氏物語現代語訳完訳記念展覧会」東京日本橋高島屋にて開催。『寂聴あおぞら説法』を光文社より刊行。五月、自伝「花ひらく足あと」を徳島新聞に連載開始。郷里・徳島そごうにて「瀬戸内寂聴源氏物語現代語訳完訳記念展覧会」を開催。ウィーン、ヴェニスへ「ローバの休日」旅行。六月、「寂聴×アラーキー　フォトーク」を「週刊新潮」に連載開始。七月、「あした見る夢」を朝日新聞日曜版に連載開始。九月、札幌そごう、静岡松阪屋にて「瀬戸内寂聴源氏物語現代語訳完訳記念展覧会」を開催。十月、二二日ハワイ大学にて源氏物語の特別講義。広島三越にて「瀬戸内寂聴源氏物語現代語訳完訳記念展覧会」を開催。十一月、三日一橋大学にて源氏物語の特別講義。なんば高島屋にて「瀬戸内寂聴源氏物語現代語訳完訳記念展覧会」を開催。

一九九九年（平成十一年）七七歳

三月、源氏大学の学長として各会場一回ずつ講義。（翌年七月まで東京・玉川高島屋、大阪、横浜、名古屋、東京・パレスホテル、札幌、福岡、仙台、金沢、広島各会場で、複数の講師にて開校）四月、熊本鶴屋百貨店、大丸ミュージアムKOBEにて「瀬戸内寂聴源氏物語現代語訳完訳記念展覧会」を開催。五月、ロスアンゼルスにて源氏物語の講演。福岡大丸にて「瀬戸内寂聴源氏物語現代語訳完訳記念展覧会」を開催。六月、仙台藤崎にて「瀬戸内寂聴源氏物語現代語訳完訳記念展覧会」を開催。ロンドン、パリにて源氏物語の講演。七月、稲盛和夫氏、中坊公平氏との鼎談『日本復活』を中央公論新社より刊行。八月、東京のパレスホテルにて「瀬戸内寂聴と『源氏物語』展」開催。編集者、ファンなど総勢一三〇名の寂聴連を率いて阿波踊りに参加。九月、「髪」を「新潮」に発表。『さよなら世紀末』を中央公論新社、『夏の終り』仏語訳『La Fin de l'été』をEditions Pilippe Picquierより刊行。浜松遠鉄百貨店にて「瀬戸内寂聴と『源氏物語』展」開催。十月、小松大和百貨店にて「瀬戸内寂聴と『源氏物語』展」開催。十一月、『あしたみる夢』（十年七月〜翌年六月まで朝日新聞日曜版に連載したものに、単発のエッセイを加えて）朝日新聞社より刊行。シカゴ・カルチャー・フェスティバルのメインイベントとしてシカゴ大学にて源氏物語を講演、ニューヨーク、コロンビア大学にて源氏物語を講義。ハーティー・ドレッサー賞を受賞。

二〇〇〇年（平成十二年）七八歳

一月、「場所」を新潮に連載開始（十三年二月まで）。「ぜんとるまん」を群像に、「記憶」をすばるに発表。二月、インドに釈迦の辿った道を訪ねる。三月、『源氏物語の脇役たち』（十年一月〜十一年十二月まで「図書」に連載）を岩波書店より刊行。四月、『寂聴相談室　人生道しるべ』（十年から十一年の「寂庵だより」）に掲載された身の上相談を構成）を文化出版局より、『痛快！　寂聴仏教塾』を集英社インターナショナルより刊行。NHK教育テレビで「釈迦と女とこの世の苦」(全十二回）を放送。八月、『美の宴』を小学館より刊行。十一月、毎月寂庵で開いていた法話を集まる人が増え過ぎやめる。十二月、『ニッポンが好きだから　女二人のうっぷん・はっぷん』を大和書房より、『寂聴×アラーキー　新世紀のフォトーク』(『週刊新潮』十年七月九日号〜十二年八月十日号に連載）を新潮文庫より刊行。

二〇〇一年（平成十三年）　七九歳

一月、『瀬戸内寂聴全集』(全二〇巻）を新潮社より刊行開始。二月、『寂聴　生きることば』を光文社より刊行。三月、新神戸オリエンタル劇場にて「源氏物語朗読」公演。『瀬戸内寂聴の世界』を平凡社より刊行。五月、『場所』を新潮社より刊行。新作歌舞伎「源氏物語　須磨　明石　京」の台本を書き下し歌舞伎座で上演。六月、要望に応えて京都での法話を京都アスニーに会場を変更して再開。九月、石原慎太郎氏との往復随筆「人生への恋文」を「家庭画報」に連載（〜十五年六月まで）。中坊公平氏、安藤忠雄氏との鼎談『いのちの対話』を光文社より、シリーズ古典『源氏物語』、新装版『現代語訳源氏物語』を講談社より刊行。十月二六〜二八日、九・一一とアフガン報復戦争の犠牲者冥福と即時停戦を祈り断食。十二月、『残されている希望』を日本放送出版協会より刊行。「場所」で第54回野間文芸賞受賞。蠟燭能「夢浮橋」を国立能楽堂で上演。三一日年越しの天台寺境内の雪の上で転倒。

二〇〇二年（平成十四年）　八〇歳

一月、「さくら」を「すばる」に発表。中旬から転倒の後遺症が出る。新作歌舞伎「須磨・明石・京」で第三〇回大谷竹次郎賞受賞。二月十〜十五日、転倒の後遺症の打撲がひどくなり京都第二日赤病院に入院。退院後、風邪が悪化して一ヵ月間声が出なくなる。京都での法話以外の外出は中止。「いま聞きたい、いま話したい」(聞き手・山田詠美）を中央公論新社より、『寂聴さんと巡る四国花遍路』を文化出版局より刊行。銀座博品館劇場にて「源氏物語朗読」公演。三月、エッセイ集『かきおき草子』を新潮社より、『いま、いい男』をぴあより、『寂聴　あおぞら説法Ⅱ』を光文社より刊行。新神戸オリエンタル劇場にて「源氏物語朗読」公演。五月、『釈迦と女とこの世の苦』を日本放送出版協会より刊行。六月、池袋サンシャイン劇場にて白石加代子により瀬戸内寂聴現代語訳「源氏物語」一人芝居公演（以後、各地で再演。演出は鴨下信一）。『寂聴生きいき帖』を祥伝社より刊行。八月、中国旅行。九月、『瀬戸内寂聴全集』完結。

二〇〇三年（平成十五年）　八一歳

一月、小説「紹興」を「新潮」に発表。三月、美輪明宏との対談『ぴんぽんぱん』(集英社）を刊行。四月、『寂聴中国再訪』(NHK出版）、英語対訳絵本『未来はあなたの中に』(朝日出版社）を刊行。五月、新作歌舞伎「源氏物語　須磨の巻　明石の巻　京の巻」を南座で初演。十月、国際交流基金講演（ローマ、ミラノ）でイタアリへ。十一月、天台宗ハワイ別院祝賀会講演でハワイへ。玄侑宗久との対談『あの世　この世』(新潮社）を刊行。十二月、新作能「虵《くちなわ》」が国立能楽堂で初演。『瀬戸内寂聴の新作能』(集英社）刊行。

二〇〇四年（平成十六年）　八二歳

一月、「藤壺」を「群像」に発表。二月、ドナルド・キーン、鶴見俊輔との鼎談『同時代を生きて』(岩波書店）を刊行。三月『痛快！　寂聴　源氏塾』(集英社インターナショナル）を刊行。サンフランシスコで黒船来航一五〇年祭の講演。四月、徳島県立文学書道館館長に就任。九月、新作歌舞伎「源氏物語　藤壺の巻　葵・六条御息所の巻　朧月夜の巻」を御園座で初演。『愛する能力』(講談社）を刊行。十月、仏教者会議で北京訪問、講演。十一月『藤壺』(講談社）、イタリア語訳『La virtu femminile』軽装版、『Il monte Hiei』（いずれもNERI POZZA）を刊行。十二月、中越地震救援募金のための青空法話を三十三間堂で二回開催。集まった募金を自身で避難所に届ける。

二〇〇五年（平成十七年）　八三歳

二月、『五十からでも遅くない』(海竜社）を刊行。三月三日、三十三間堂で青空法話。コロンビア大学で源氏物語の講演。四月、フランスでフランソワーズ・サガンの取材。義家弘介との対談『私の夢　俺の希望』(PHP研究所）を刊行。五月、『生きる智恵　死ぬ智恵』(新潮社）、『命のことば』(講談社）、『千年の京から「憲法九条」』(かもがわ出版）を刊行。NHKBS2「時の旅人　サガン」を放送。六月、天台寺住職を退任。八月、『寂聴　人は愛なしでは生きられない』(大和書房）。九月、新作歌舞伎「源氏物語　藤壺の巻　葵・六条御息所の巻」を博多座で初演。『また逢いましょう』(朝日新聞社）を刊行。十月、新作狂言「居眠り大黒」を比叡山で初演。『美しいお経』(嶋中書店）、『寂聴あおぞら説法Ⅲ』(光文社）、『私の好きな古典の女たち』を改編した『おとなの教養　古典の女たち』(海竜社）を刊行。十二月、NHK「知るを楽しむ」なんでも好奇心「瀬戸内寂聴『世阿弥』の佐渡を歩く」放送。

二〇〇六年（平成十八年）　八四歳

一月、イタリアで国際ノニーノ賞受賞。二月、原作を書いたオペラ「愛怨」が新国立劇場で上演。『おにぎり食べたお地蔵さん』(祥伝社）を刊行。五月、東大寺大仏殿前で聖武天皇一五〇〇年遠忌講演。八月「週刊朝日」で人生相談の連載を開始。『愛と救いの観音経』(嶋中書店）を刊行。十月、小説「燐寸抄」を「群像」に発表。二〇〇七年の国民文化祭開会式のための新作人形浄瑠璃「義経娘恋鏡」がアスティー徳島で初演。十一月三日、文化勲章受章。

（作成　長尾玲子）

取材協力（50音順・敬称略）

浄法寺町

天台寺保存会

東京女子大学

毎日新聞社

未来をひらく日本委員会

編集協力

長尾玲子

企画・取材

阿部孝嗣

装丁・レイアウト

中村香織

編集

清水壽明

＊本書は平凡社刊『瀬戸内寂聴の世界』(2001年3月）をもとに、
追加取材と新原稿で再構成したものです。

寂聴さんがゆく　瀬戸内寂聴の世界

二〇〇六年十一月十四日　初版第一刷発行
二〇二一年十一月三〇日　初版第二刷発行

著者　瀬戸内寂聴、伊藤千晴
発行者　下中美都
発行所　株式会社平凡社
〒一〇一―〇〇五一
東京都千代田区神田神保町三―二九
電話　〇三―三二三〇―六五八四（編集）
〇三―三二三〇―六五七三（営業）
振替　〇〇一八〇―〇―二九六三九
ホームページ　https://www.heibonsha.co.jp/
印刷・製本所　株式会社　東京印書館

ISBN 978-4-582-63427-3
NDC分類番号 914.6
B5変型判（21.7cm）総ページ128